富萍
王安憶

又見《富萍》

王安憶

寫作《富萍》距今已二十年。那時候，《長恨歌》正在風頭上，說來也奇怪，《長恨歌》發表和出版的當時，反應平淡，倒是台灣《中國時報》給了一個年度好書獎，但消息也沒有傳到內地去。直到四五年後，方才熱門起來，多少和「上海」話題興起有關，人們突然想起它了。在此熱潮中，《富萍》的出場，就太不夠搶眼了。不論其他，只小說本身，相比《長恨歌》的戲劇性，也過於靜謐了。可是我自己卻很喜歡，好像是經歷過一場大起大落，歸於安寧，開始體味人生常態的美麗。

在我個人，所謂「大起大落」，亦不過是些杯水風波，這和材料的局限有關，也和趣味有關，最重要的，涉及膂力。倘若涵量大，如《紅樓夢》這樣的家庭倫理兒女情愛也能演繹大悲慟。叫雖叫《長恨歌》，只是借古人的盛名壯聲勢行色，事實不過小哭調罷了。也因此，《富萍》更與我本性相合，以小見小。「富萍」這姑娘的名字，有評論詮釋成「浮萍」，佐證是，故事中有一節，舅舅和富萍去野外談心，走過池塘，說過「富萍」和「浮萍」同音。後來想想，確容易引起誤會，這是小說批評的難處，生活的表像總是膚淺的，不夠容納概念，所以就要尋找隱喻。我沒有想那麼多，甚至很簡單，不過寫一個勞動者珍惜文字，順手拈來的細節。「富萍」真的與「浮萍」無一點瓜葛，如要舉出證據，那就是，富萍是有根的人，她恰是要將根從原生中拔起來，移植到新土壤裡，這塊新土壤另有生機，它可接納外來物種，提供養料，問題是，這物種本身也要是彪悍的，甚至野蠻的，方才能夠發出新芽。奶奶，呂鳳仙，隔壁的太太，都是先例，「女騙子」也算得上一個，她現在是離開了，可誰說得准呢，多年以後，支援新疆的知青回到上海，在市政府門前靜坐，要求給個說法，裡面也許就有她！富萍沒有她前輩們那樣彰顯的光彩，還有些木訥，可是，生活不正在教育她？自主性即將浮出水面，還有，鄉下人的笨力氣，也會用得上，命運悄然脫離軌跡，走上新路。

她的原型來自幼年時候，短暫出現的一個女性，我用了她的名字的同音，富萍，究竟是兩個字，沒有考據過。選擇這兩個字，是因為它們有一種豐滿的形象。她當然是順從大人們的安排，回鄉下做了「奶奶」的孫子媳婦。曾經小小一番掙扎，沒有修成正果，現實總是不能盡如人意，並且，你也很難預測哪一種更好，於是就把判斷交給想像力，去完成未完成，終結於你要的結局。

寫作《富萍》是一個和順的過程，帶有溫煦的感情，我所以對它滿意也許因為這個，其中的享受令人懷念。沒有一點乾涸和遲滯，似乎所有困難都如期而至又如願而解，最後塵埃落定，歸於天然。它意味著一個寫作階段的開啟，和之前的緊張、激動、急切不同，那一個追求速度和效果的時期應是在《我愛比爾》達到制高點，同時也是最後的釋放，再以一系列短篇緩衝：《蚌埠》、《喜宴》、《開會》、《天仙配》、《酒徒》，彷彿將渙散的能量撿拾，收攏，集結，於是，坐下來，敲開《富萍》的門。二十年過去，情形在不自覺中轉變，又一輪的焦灼來臨，卻是另一種。另一種困難，另一種膠著狀態，後面等待的，也許是另一種和諧。

總之，為《富萍》寫新序言，於我是一個機會，趁此檢點過去的日子，審視目下的處境。一個職業寫作人，時不時地需要進行這樣的活動，在自覺和不自覺之間，營造可疏可近的關係。寫作人往往度著兩份人生，一份真實，一份虛擬，這兩者又互相介入，互相作用，釐清邊界，是為了再次墜入混沌。

二〇二〇年二月十九日　上海

5　又見《富萍》

目次

又見《富萍》 002
一 奶奶 009
二 東家 021
三 富萍 035
四 呂鳳仙 047
五 女中 061
六 「女騙子」 075
七 戚師傅 087

八　祖孫　101
九　舅媽　113
十　孫達亮　127
十一　小君　141
十二　劇場　155
十三　請奶奶看戲　169
十四　過年　183
十五　年後　197
十六　孫子　209
十七　不辭而別　223
十八　舅甥　237
十九　母子　251
二十　大水　265

一 奶奶

這天下午，富萍到了奶奶幫傭的人家裏。弄堂裏有幾個小女孩在跳橡皮筋，皮鞋底擦著水門汀的地，有一點回聲從弄堂的壁上碰回來。下午三、四時許的太陽光，黃黃地照耀著。小女孩的衣裙，在太陽光裏，變得很美麗。富萍依著奶奶信上的指點，走到弄堂底處的門前。門開著，富萍迎門一站，擋了光線。門裏面走道上，坐了幾個女人。看不清她們的臉，她們身後有一些光照進來，畫出了輪廓。其中有一個，站起來，向富萍說：來了？富萍就叫了聲奶奶。

奶奶是李天華的奶奶，也不是親的，是將李天華過繼給她做了孫子的。當時，媒人上門給富萍說親時，特別強調兩點。一是李天華是初中生，二就是他奶奶在上海做保姆。所以，雖然現在弟妹多，李天華又是老大，家裏難免窮困些，但並不是完全沒希望的。奶奶很早死了男人，沒有兒子，一個女兒總是人家人，這樣，就只一個孫子是她的後人，孫子的初中就是她供的。奶奶十六歲起就到上海幫傭，至今三十年，算得上是個老上海了，是個有身分的奶奶。富萍的爹媽死得早，是跟了叔叔嬸嬸生活，對自己的終身大事看得很重，又不好嘴上過問，只能用心。給她說親，她就低著頭，不說好，也不說不好。人要上門來，她則死活不露頭，鑽在要好小姊妹家一天，等人走了，才回家。若要帶她去人家裏看，她當然更不去了，無奈，嬸嬸只得自己去了。心想，可別耽誤了丫頭的大事，叫人說做叔嬸的不把姪女兒的一輩子當一輩子。回來，再一樁樁說給她聽：老人如何心慈，弟妹如何聽話，大妹妹已經說好了人家，隔年就要翻房子，等等，等等。她還是不說好還是不好。一直等人說到了李天華，她才沒躲。李天華來的這一日，在家煮了飯，燒了茶。她從低著的眼瞼下，看見一雙黑布鞋，併得攏攏的。鞋不大，有些瘦，略尖的圓口，襯著白紗襪，腳背高一些，不是一雙下慣水田的腳。那種寬扁的腳掌，巴得住泥和水的。她就曉得這不是一個吃力氣飯的人。後來，媒人就送了彩禮來。彩禮除去一般的毛線，衣料，花線，還有一份盤纏，是奶奶讓她去上海玩一趟。這樣，富萍就來到了奶奶這裏。

奶奶說是奶奶，看上去比富萍的孀孀還要後生些。奶奶的頭髮很黑，前面看像是窩攏，其實是將短髮順在耳後。身上的褂子是藍布的大襟褂，長鈕，立領。奶奶的臉色不是城裏人那樣的白，也不是鄉下人的黑，而是黃白的。臉盤比較豐滿，皮膚綳得很緊，但並不是細嫩的，有些老，不是蒼老的「老」，而是結實的意思。奶奶的手也是這樣，骨節略有些粗大，皮膚也有些老。奶奶說語口音已經變了，不是完全的家鄉話，但也不是上海話，而是夾了上海話的鄉音。她走路腰板挺直，坐在椅上吃飯做事腰板也是直的，但一旦彎下腰，那岔開腿下蹲的姿勢，就有了鄉下女人的樣子。奶奶的五官也是這樣。她是那種不怎麼鮮明的疏眉淡眼，有些富態，也不再像是一個鄉下女人。但當她說話時，下唇微微前凸，上唇有些吊，露了點齒，依稀又變成了鄉下的潑辣的女人。她的一個眼角上早年受了傷，沒有落疤，只是使眼尾往裏陷了一陷，形成一個坑。於是，眼睛往某一個角度看的時候，就有些「乜斜」的意思，有一點潑辣的嫵媚。總之，雖然在上海生活了三十年，奶奶並沒有成為一個城裏女人，也不再像是一個鄉下女人，而是一半對一半。這一半對一半加起來，就變成了一種特殊的人。她們走在馬路上，一看，就知道是個保姆。

在她們揚州鄉下，女人歷來有出來做保姆的傳統。有做長的，也有做短的。像奶奶這樣，已經在上海落下了戶口，成為正式居民，四鄉八里也有一些。她們大都是年輕時守了寡，或者男人沒出息，荒唐，而且沒兒子的。就像奶奶這樣。她們沒有靠頭，只有靠自己。她們出去久了，難得回來。要回來，也住不長。已經不服此地的水土，不是拉肚子，就是身上發疹子。所以立即就回去了。回去的時候，多半會帶著一、兩個女人，帶到上海去，替她們也找個東家。還有時候，她們從上海寫信來，讓誰家的女人去上海，也做人家。漸漸地，她們鄉下的人，在上海就有了許多。而且是在差不多的地段做。東家和東家，有一些還是親戚熟人，常常有得見面。這樣，出門在外的生活，就變得容易適應了。

奶奶在上海三十年，基本是在西區的繁華鬧市，淮海路上做的。她也和鬧市中心的居民一樣，將那些邊緣的區域看作是荒涼的鄉下。其實，在那邊緣的地方，比如閘北，普陀，倒是她們家鄉人的聚集地。那大都是在歷年的戰爭和災荒中，撐船沿了蘇州河到達上海的船民。他們找了塊空地，將蘆蓆捲成船艙那樣的棚子，住下來，然後到工廠裏找活幹。上海的產業工人裏，至少有一半，是他們。但奶奶與他們向不往來。她也有市中心居民的成見，認為只有淮海路才稱得上是上海。

奶奶在上海西區裏做了幾十年人家，各式各樣的人家她都見識過，所以她真的是很有閱歷的。她曾經在一個越劇女老生家做過，女老生是拿包銀的，收入頗豐。她的先生則是個美容醫生，開私人診所。兩人沒有孩子，住一套外國僑民的公寓。公寓的看門人是印度人，開電梯的也是說洋文的。所以，奶奶她便也學了幾句洋文，「早晨好」，「謝謝」，「來」和「去」什麼的。她不用燒飯，也不用洗衣服，每天的工作就是用細毛刷子，刷幾堂紅木家具雕花和貝嵌裏的灰塵。她做了不久就出來了，她是不慣這樣的清閒，而且沒有人氣。接下來的一戶人家，是在淮海路略向東去的一條長弄裏。家境很平常，孩子很多，男人一個人掙錢養家，在外灘的洋行裏做事。她和女人一起忙家務，帶孩子。那女人面色憔悴，衣衫不整，看上去倒更像是個下人。家裏沒一天不愁柴愁米，經常拖欠她的工錢。不久，男人又患了肺病，回家休養。奶奶不顧那女人哭泣挽留，堅持辭了出來，非但沒要最後一月的工錢，還自己掏錢給孩子買了些汗衫短褲。這樣糟踐的日子，她也不能過。她還做過一戶中等人家，夫婦倆都有工作，帶四個孩子。夫婦感情特別融洽，男人對女人好到了「膩」。專為女人訂半磅牛奶，早上煮給她吃。她嫌膻氣，不吃，他就用調羹舀了餵到女人嘴邊。如此親熱，就把孩子冷落了，所以，這四個孩子一上來就和她親，她也喜歡四個孩子的乖，但她還是堅決地辭了出來。她看不得那男人的肉麻樣子。她早年喪夫，一直過著清寡的日子，眼裏揉不進沙子。只是捨不得那幾個孩子。後來，她到了別家人家，那幾個孩子還來看她。她就介紹他們與新東家的孩子玩，做朋友。新東家和舊東家只隔一條馬路，新東家所在的弄堂則要高兩個等級，是公寓弄堂。新東家是做醫生的，那時候，已是一九四九年以後，他關了私家診所，在一家市立醫院出任院長，上下班有汽車接送。這是個神情嚴肅的男人，就從來沒和她說過話，也不同她一桌吃飯。她倒是器重這樣的男人，有身分。女人也是好的，和氣，大方，從不當了孩子和她，與男人起膩。只是那三個孩子太張狂。大的是個女孩，剛上中學，已經學著摩登了，燙頭髮，戴胸罩，穿她媽媽的絲襪，老是責怪奶奶洗壞她的衣服，擺出大小姐的派頭。下面兩個男孩，稍好些，但也是傲慢。舊東家的孩子來玩，他們並不理睬，而是兀自彈琴，將琴彈得飛快。看那舊東家的孩子瑟縮在一邊，她就很心疼。不過，到底是孩子，裝佯也裝不了，漸漸也玩到了一起。有一天，先生早下班回到家，見有陌生的孩子在家裏玩，當面沒說什麼，過後就讓女人傳給她，請那幾個孩子以後不要再來了。這使她非常不快，略過些日子，就找個由頭辭工不做了。她雖然也不是那麼不勢利，但她很自尊，見不得太傲勢的人。

她在上海已經很自如了，自信在保姆這一行裏，只有她挑人家，不會人家挑她。而且她拿定了，只在西區的淮海路上做，只做上海人，那些說山東話的南下幹部家裏，她是不做的。曾經有人介紹她去虹口一個軍區大院裏，給一個司令家帶小孩，工錢很高，可她只去看了一眼，就決定不做了。她看那司令家住一棟樓，家裏也沒什麼家具，地板倒是打蠟的，沿牆放一圈沙發，像機關的會議室。廚房很大，卻清鍋冷灶，連水都不燒，由幾個男兵到開水灶提開水。飯是到食堂去吃的，還吃的不是一個食堂，司令吃一個，司令的女人，也是個軍人，吃另一個，小孩子再吃一個。不是居家過日子的樣。她過不來。她又不喜歡軍營的環境，也不是居家的樣。她從大院裏出來，走在空曠的天空下，路上也是空曠的。一眼望過去，不見一個人，也不見一戶人家，十分的荒涼。這算個什麼鬼住的地方！她心裏罵。在鄉裏，也還有個塘，塘裏有鴨鵝，田裏有做田的人和牛。走走，就有了村子，村子裏有炊煙，有母雞打鳴，有北邊飛來做窩的燕子。老遠望過去，就見紅磚房一座一座的。紅磚是只在案裏燒一遍的粗磚，不如青磚細密結實，但看上去，絲絲揚柳中間，則分外妖嬈。奶奶想起了揚州鄉下的情景，多麼有顏色啊！一輛軍車開過去，掃起一片塵土。她的身上臉上已經蒙了一層，灰頭土臉的。

到了四川北路、海寧路一帶，奶奶的思鄉病就好些了。街道重又狹窄起來，有了店鋪，行人，電車，汽車。從弄口望進去，可看見晾曬的衣服，玩耍的小孩，廚房間裏的油煙味，也漫出了一些。那裏面是奶奶比較了解的生活。但虹口的樓房卻過於整肅高大了。那種紅磚的牆面，掛著小小的黑鐵柵欄的陽台，更顯得牆面的大、寬和陡峭。弄堂也是寬和大的，顯得比較宏偉。那種騎樓，也有著壓迫感。人呢，像是比較雜沓，連相貌都是雜的。因為雜，總體就顯得眉目不端，有幾個相貌好的，埋在裏面，也顯不出來了。她總歸是看不慣。走在海寧路橋上，橋下是蘇州河開闊的一段，可見遠處的船隻，擠擠地駛來。她也聞不來這種河水的腥氣，還有帶潮氣的風。她回到淮海路上，才覺著心定了。那些較為短淺的，新式里弄房子，可看得見弄底。街道是蜿蜒的，寬窄得當，店面和店面挨著。有大樓，卻不是像虹口，郵政總局似的森嚴壁壘。而是只占一個門面的門廳，從外可見電梯的開闔升降，電梯邊上的大理石的樓梯，拐彎角上有一扇彩色玻璃窗，光正好照進來。門廳裏開電梯的和門房說著閒話，激起一些回聲，走過去，就可聽見一、兩個字。街面上也很繁榮，但不鬧，人來人往的，大都是本地段的人，所以，就不雜。這裏的格局要小一些，因此，相互就有呼應，是住人家的地方。這裏的人，長得也好，文雅。不像虹口的人那麼，有些粗礪。這裏的人也會穿衣服，倒不是一味地摩登，而是見過摩登的世面，反倒安靜下來，還略有點守舊。

奶奶走在這裏，思鄉病完全好了。像方才說的，她已經染上了這城市市民的脾氣，抱有成見。可誰能說她不是這裏的市民呢？她要比那些年輕人更熟悉這城市。你聽她說說她的奇聞異見，是你做夢也想不出來的。光是這條街上的，就夠你聽一大陣子的了。有拍花子的故事，就是說，有人往小孩子頭上拍一下，小孩子就迷失了方向，眼前只剩下一條道路，跟著那人走，走，最後走不見了。有夜半鬼叫的故事，並且有名有實，就是某弄某里的老太，夜夜聽見鬼叫，一直聽了半年，然後就死了。還有主僕情奔，還有殺夫，等等的。她還會說許多戲文：祥林嫂，王魁和穆桂英，梁山伯和祝英台、楊三姐滾釘板。這些戲文大都來自這城市的市民劇，越劇。她甚至還會唱上兩句呢！說出來不怕你不信，連美國好萊塢的電影，她都看過。比如，卓別林，她就知道。發的還是美國音：「俏別林」。但她並不怎麼愛看美國電影，因為美國電影大凡是皆大歡喜的結尾，而她崇尚悲劇。一說起那些悲慘的劇情，她的眼淚就下來了。她幫傭人家的小孩子，都聽過她的故事。她講故事，很合小孩子的口味。她並不嚴格地按照情節順序來，多是些片斷，七跳八跳的，但是，卻有著強烈的氣氛。她特別善於渲染恐怖和淒厲。比如，祥林嫂，她著重的是捐門檻這一段，強調陰世間兩個丈夫分割一個女人的情節。王魁和穆桂英，是穆桂英還魂的一節。梁祝呢，是「劈墳」。楊三姐滾釘板的一幕尤為慘烈。小孩子聽得煞白了臉，團在她身邊，又怕又要聽，不停地求道：再講一個，再講一個。

奶奶有時也會講她們鄉下的故事。這些故事也是恐怖的，是另一路的恐怖，透著鄉俚氣。奶奶鄉下的鄉俚氣，多少有一些妖冶，不完全是質樸的。所以，聽起來，也有些像舞台上的戲文，很有顏色。有一個是關於娶新娘子的，紅顏綠色的迎親隊伍裏，走著一頂花轎，坐著鳳冠霞帔的新嫁娘，可她偶一抬頭，回眸之間，卻一齜牙，露出了鬼的真相貌。就這樣，她將噩運帶進了這戶農家。還有，小鬼寄生的故事。這家夫婦，生下孩子總是夭折，至多養到一歲，夫婦倆傷透了心。後有通靈者授計，再生下孩子，就用剪刀剪掉他的腳趾頭，好叫他走不上門來。於是，那對夫婦便照辦了。剪刀夾住嬰兒的腳趾頭的時候，嬰兒突然睜開眼睛，那是一雙成人的眼睛。這是最恐怖的一刻，故事的高潮。再有，垂死的人看見了閻羅王派來的兵將，提著鐵鏈來拴他走。那鐵鏈的叮噹，兵器的鏗鏘，被奶奶描繪得又是猙獰，又是威風，像戲台上的武戲，豔絕。

這些故事，是和奶奶的遭遇有關係的。她早早死了男人，兩個兒子相繼死去，她自認是命苦且命硬的女人，一生只有靠自己。多年幫傭，她是有些積攢，但也經不住三親六戚來討來借。借也是討，不過說起來客氣些，借去是不會還的。有多少人靠在她身上啊！女兒說了婆家，女婿要讀高中，要她供。外甥子在縣劇團學戲，頭三年只管吃和住，穿的，也要她供。妹夫生絞腸痧，開刀，又是她的錢。現在，孫子說媳婦了，就更要她開銷了。

她過繼孫子時，上海的一些老姊妹，都勸她不要。現在就是人靠她，將來靠人能靠得住嗎？不過是增添些要錢的戶頭。她現在做的這家東家，也勸她不要，不如自己把住錢可靠。還帶她到銀行裏開了個摺子，讓她往上存錢，鄉下人來要時就說，錢在摺子上，不到期不好拿。可她還是過繼了孫子。孫子其實是姪孫，她大伯子家的孫子。這年女兒就要出嫁，一嫁出門，房子就歸她大伯子了。有了孫子，雖然還是歸大伯子家裏，但也是她的家。她老了，做不動了，回鄉下了，就名正言順地住進去了。為了這一天，她很有心計地給女兒結了一門姑表親，親家是她的哥嫂家。再退一步說，孫子不認她，娘家兄嫂也得收留她。雖然在上海做了三十年，有了上海的長住戶口，但她不得不做告老還鄉的打算，她這樣借錢送錢，究竟也是為了臨到那時，眾人念她的情，不嫌棄她。有一陣子，鄉裏傳出女婿和班上女同學相好的事，她託人寫信去責問，女婿回了一信，信上說：「喝水不忘掘井人」，曉得是小孩子嘴乖，可這話還是說到了她心裏頭。奶奶不就是個掘井人嗎？

二　東家

富萍來之前，奶奶就問過東家了。奶奶說，孫媳婦在這裏吃，她少要五塊錢工錢。東家很豁達地說，不過是多放雙筷子，算什麼錢，反正家裏吃什麼，她也跟著吃什麼。奶奶曉得東家是好說話的東家，所以才開這個口。

東家夫婦倆都是機關裏的幹部，也是從解放軍裏出來的，但籍貫是江浙一帶，所以就和那些山東南下的幹部不同些。他們很適應上海的生活，在奶奶這樣的保姆指導下，他們的吃穿起居很快就和上海市民沒什麼兩樣了。但他們卻又和上海一般人家有所不同，他們比較開放，沒什麼成見。所以奶奶說什麼，他們就信什麼。原先他們過的是一種供給制的生活，就像奶奶在虹口的大院裏看見的那樣：住公房，吃食堂，小孩子有組織上配給的保姆帶，他們對家務不必操心。現在，他們就將家務全交給了奶奶去管，繼續過著省心的日子。而奶奶呢，則成了當家人。因為這，奶奶原諒了東家的一些不到之處。比如，師母——奶奶按著舊稱叫東家，開始東家有些不慣，後來也就應了。師母什麼衣服都拿給她洗，包括內褲，這是有點壞她規矩的。她是個守寡人家，就像是出家人那樣潔身自好，像女人家的內褲，多少帶有著穢物的成分。可她也洗了。她知道師母這樣解放軍出身的人，大多不大懂規矩，不是有意為之。再說，他們真把她當自家人呢！她揚州鄉下來人，師母從來不多話的，見了還很和氣地點頭，留飯，很給她面子。奶奶在上海灘上做了多少人家，這樣的新式東家是第一次遇到，她是喜歡這東家的。

新東家的寬容與開放，卻並沒有讓奶奶鬆懈規矩，她一樣的勤勉，恭敬，如同服侍舊東家那樣服侍新東家。她每晚都給先生端洗腳水。先生是個老實人，話不多，比師母更不管事，見她端洗腳水來，不由惶惶然的，又沒法阻止，只得由她端來。一經洗好，又端了走倒去。時間長了，便也慣了。奶奶還做主將他們的某些好衣服送去洗染店洗燙，反正家裏開銷都由她掌管。家裏來了客人，她照規矩泡了茶端上，卻並沒有照規矩退下，而是在一旁坐下來，不走了。她做著針線聽東家和客人說話，說話的內容是她感到新鮮的。她聽得很有興味，有時候還會插上幾句。她的插言也使東家的客人們感到有趣，因為有著一種他們陌生的見識。而且，這些客人大都從解放軍出來，有的，如今依然在解放軍裏，他們抱著平等的觀念，並不將她當下人看。看上去，她不像這家的保姆，而像是這家人一個終身未嫁，抑或守寡的姑媽和老嫂子。像東家這樣的上海新市民家中，有許多是這樣，從家鄉帶出來一個單身的親戚，幫助操持家務。

東家的家境，是那種既簡樸又闊綽的家境，也是幹部家特有的。他們沒有家底，薪水卻不低，還是雙職工。他們住淮海路上的新式里弄房子，一間底層朝南的大房間，一間朝北的小房間。大房間裏帶一個小花園，照理是他家獨用的，可他們很大方地將它開放了。所以，隔壁的人家，還有二樓的人家，也可走過他們的房間，進入小花園晾曬衣服。房子是蠟地鋼窗的規格，房管處每季度定期來打蠟。在鋥亮的保養很好的細木條地板上，放著他們從單位租借來的白木家具，釘著標了號碼的鐵牌。床上鋪的是從軍隊裏帶來的白布床單和綠軍毯。大房間的窗上沒掛窗簾，朝北的小間，因是兩夫妻住，又對了弄堂，才掛了一幅花棉布作窗簾。然後，漸漸地添了幾件家具。一件是樓上買了一個大櫥，尺寸太大，無論如何抬不上去，任何一個角度，都在樓梯拐彎處卡住，無奈，就與樓下商量，轉賣給他們。他們欣然答應，連價錢都沒問一下。他們花錢向來是不考慮的。這個大櫥十分氣派，漆成橘黃色的水曲柳貼面，邊緣勾著簡潔的線條，無腳的西洋的款式，對開門，鏡子鑲在裏面，一邊掛大衣，一邊是抽屜。老實說，這個大櫥和他們家一點不配，是配那種洋派的資產階級人家。然後，他們又買了一個三人長沙發。奶奶一看這沙發，就曉得是什麼價錢了。鋼管鍍克羅米的沙發架，木頭的流線型扶手，坐墊和靠墊的席夢思，奶奶手一摸，就摸出裏面是怎樣的小彈簧，又是如何排得密，又軟又不會一坐一個坑。沙發面是綠平絨，絨頭相當細密，又柔軟又硬扎。奶奶想，這也是過去的資產階級才用的。沙發在他們家裏，也不大配，可畢竟增添了一點生活的氣息，不像是馬上就要開拔的臨時樣子了。再後來，奶奶要求廚房裏放一張桌子，好切菜用，就把單位租來的飯桌搬進公用的廚房，吃飯呢？再買一張。這一回，他們節省了，也學了些竅門，到寄售商店買了一張方桌，外帶四把皮椅子。識貨的奶奶也認出這是一件老貨，核桃木的，四邊和桌圍全是細木工的雕花。花樣是中式的回字紋，但桌子的漆色與貼面線條的款式，則是西式的。奶奶想，它原先的主人不曉得在哪裏受罪呢，將家私都散了出來。在奶奶的建議下，師母又買了一口樟木箱。這樣，就建起了一份家底。

他們生活在上海的市民堆裏，不免要受影響，積攢些家底，好過長久日子。但主要興趣還是在吃上面，夫妻倆的工資，主要也是花在吃上面。在奶奶看來，他們的吃，主要是肯花錢，還有食欲旺盛，其實是不太會吃的。比如，他們三天兩頭地下館子，所下的館子不外是那幾個。馬路對面的復興西餐社，綠野川揚菜館，再遠些的，就是南京路上的新雅粵菜館，洪長興羊肉館。倒也不是說這些餐館不好，而是說，他們實在是沒有多少辨別力，多是慕名而去，去了便一而再，再而三，吃的又大都是那幾個菜，味厚的，量大的。這也是軍隊裏帶來的作風，大魚大肉。奶奶燒的一手揚州菜，正合了他們的口味，同時，也將他們的口味提高了。在揚州菜的熟，爛，味透，醬色足底下，是精工，細料，慢火。奶奶的揚州菜又是鄉間的一路，用料要重些，尤其多用醬油，風格也略微粗放。在他們吃來，就是至味了。因此，他們就經常地在家中開宴，招待朋友。客人們全都為奶奶的手藝傾倒。他們的朋友也多，多少有些行伍氣的，豪爽熱情，來了就坐，坐下就吃。所以，家中幾乎三日一小席，五日一大宴，日子過得轟轟烈烈。

逢到夫婦倆出差，或者下鄉，家裏只剩她和兩個孩子，就清靜下來。那時候，大的剛上小學一年級，小的自從她來了，便死活不肯去幼兒園，待在家裏。小學校就在弄口，每到課間，大的就飛奔回來，向她討一杯水喝，或者一塊餅乾吃，再飛跑了回去上下堂課。放下午學時，她便攙了小的到弄口學校門前等大的。弄口有一個木板棚，住一個山東人，人稱「老山東」，開一個生煎包子鋪，她就和小的在這裏吃一客生煎包子。肉餡和皮子是小的吃，她專吃一面烤焦的底。那老山東其實並不老，和奶奶相差不多年紀，三十多歲，但穿得老氣，是他們家鄉的紮腿緬檔褲，剃光頭，略有些背駝。他對這主僕二人很好，常常是站在一旁，看看她們一遞一口地吃包子，眼中的表情是殷殷的，還有些迷濛。不曉得是奶奶使他想起老家的女人，還是那小的叫他想起了老家的孩子。吃完包子，大的也該出來了，要是還不見人，她就會找一名老師問：先生，我們家小朋友怎麼還沒有下學，是不是留晚學了？奶奶一方面堅持某些舊稱，比如「師母」，比如「先生」，另方面，也善於說新名詞，什麼「小朋友」。然後，她便牽了小的，按著「先生」的指點，徑直進了教室。其實那大的只是留下在做值日，幾個小學生奮力揮著掃帚，一房間塵土飛揚。她捂著鼻子，走過去，奪過大的手裏掃帚，斥道：造孽，剛換的衣服又要洗了！大的先是跺腳，跺了一陣也就安靜下來，退出教室等著。奶奶三下五除二掃好了大的名下的一條地方，走出來，拍拍身上的灰，一手牽一個，帶走了。

就這樣，奶奶把弄口小學校走得很熟，一抬腳就走進去了。老師學生都認識她了，叫她某某人的阿姨。小學生便折過頭去對某某人說：你家阿姨來了！大的看見她，照例是要跺腳，覺得學校生活受了干擾。她可不管，往大的手中塞幾個糖炒栗子，或者一塊蛋糕。還有時，只是為了看看大的是不是聽先生話，有沒有在瘋。有一日，大的回家吹噓，第二天下午要到復興公園春遊。小的一聽，就哭了，覺著自己沒有得去，很吃虧。奶奶說：不要哭，我們也去。她心裏更偏小的一點，倒不是說小的比大的多了哪幾種優點，只是因為和小的朝夕相處，更親。第二天，睡了午覺起來，她果真帶小的去公園了。在公園裏還真找到了大的，正和小朋友坐成一圈，老師領著，做扔手絹的遊戲。她在大的身後坐下來，打開手絹包，包裹有洗淨的蘋果，餅乾和糖。大的先是回過身遞白眼，讓她們走開，然後就伸手過來拿手絹上的東西吃了。這天下午，這個班級的春遊隊伍，就拖了個尾巴，一大一小，始終跟在後頭。有時候，東家的大人要帶孩子出去，看電影，或者下館子，大的還沒放學，奶奶就到課堂上，和老師交涉，將大的領出來。奶奶雙手交疊在衣襟前垂著，既謙恭又有身分的樣子，和老師一句一句地解釋原由，句句都在理上，老師有什麼理由不放人呢？

這是一個見過世面的奶奶，年輕的老師都有點怵她的。她呢，比較敬佩的是一個年長的女教師，覺得她有知識，懂人情。女教師見了她，會站下來與她拉幾句家常，態度十分和藹。有一回，正遇大的向她跺腳，女教師就教育大的，不可以對大人無禮。大的立刻就老實了。女教師還會摸摸小的頭，問幾歲了，什麼時候上學，是不是也到姊姊的學校裏來讀書？奶奶從和她比較要好的校工友明伯伯那裏得知，女教師至今未婚，單身一人。奶奶很有見識地問道：是天主堂的嬤嬤嗎？友明伯伯說也不是。奶奶就嘆息了：這樣有知識的人，也命苦啊！從此，對女教師更多了幾分憐恤，覺得女教師不容易，一輩子做孩子王，沒個歸宿，很是念叨。

大的和小的，都是女孩，跟她比跟她們母親的時間要多些。日子長了，習性上都有些隨她。喜歡粉粉的，鮮嫩的顏色；喜歡花；喜歡花露水的香味；喜歡帶珠子的化學髮卡；喜歡越劇。越劇的豔麗的頭面，服裝；嬌俏的作派，唱腔；還有私情故事，都使她們入迷。她們的玩具中，有一種珠子，是最受她們青睞的。

這種珠子，玩具店裏是當玩具賣的，排列在玻璃盒子裏，樣式與質地都十分精美，價格也貴。另有一種，是用來穿珠包和珠花用的，那就要便宜得多。多是在城隍廟裏出售，一缸一缸放著，稱斤兩賣。這些珠子要粗糙些，色澤也暗些，可量卻很大。這兩種，她們都有，粗糧細糧一樣，摻在一起，裝在小鉛桶裏，足有三、四桶。她們怎麼玩這些珠子呢？她們拿根針，引上線，將珠子穿起來，穿成越劇中頭面那樣的東西。然後丁零噹啷掛在耳上，夾在髮上，戴在頸項，手腕上，站在床上演越劇。夏天時，床上張了帳子，帳門一邊一幅繫起來，真像一個戲台。上面是兩個小妖精，披珠掛翠，再裹上一條毛巾毯作水袖，咿咿呀呀地學著越劇的腔唱戲。

這遊戲要背著她們的母親。解放軍裏出來，儀態很大方的母親，最看不得這樣作張作姿的小兒女樣子。看了就要喝斥，不許她們扮妖精狀。常常是，正興頭上，只聽奶奶輕輕叫一聲：媽媽回來了！兩人就趕緊地收場，骨碌碌地滾下床來。但等母親一出門，她們立時裝扮起來，重新登場。奶奶忙定之後，閒下來，就在床前擺一張椅子，坐下，一邊做針線，一邊看她們作怪。要是聽到哪裏有越劇的電影上映，奶奶就非帶她們去看不可了。那一回，彩色電影《追魚》放映，一早，票房沒開門，就排起了長隊，每人限買四張。奶奶帶小的去占了位置，讓小的坐在小板凳上排隊，自己回去燒飯洗衣，中間不時過來張張，看開始沒開始賣票，排隊又排到哪一節上，然後給小的塞一點吃的，回去接著燒飯。小的也很耐心，一動不動坐在小板凳上，等票房開了門，便立起來，將板凳抱在胸前，緊跟著前頭的大人，一步一挪。直到中午，才買到票。主僕二人揣了四張票子往家走，都興奮地紅了臉。她們自家買了三張，另一張是給樓上人家的保姆買的。為了這張票，樓上人家的保姆還買了水晶包子送給她們吃。到了看電影這一日，奶奶一手牽了一個，興興頭頭往電影院去。前一場還沒散，這一場的人已經擠滿了門廳。大都是家庭婦女和奶媽保姆樣的人，尤其是後一種人，說著各路鄉音，鬧鬨鬨。兩孩子緊緊拽著奶奶的手，擠在人縫裏，只怕是臨到最後一刻，事情會有改變。終於捱到進了放映廳，又暗下場燈，前方銀幕上亮出絢麗的圖景。這一時，她們全都被幸福籠罩了。

這一段時光，過得很愉快。她和這一大一小相處得很好。兩個孩子都有一個毛病，就是蛀牙，也是糖吃多了的緣故，她就需要經常帶她倆去補牙。牙科診所的醫生也與她熟絡起來。這三個人出行在外是比較惹眼的，女人清爽俐落，又很善言。兩個孩子穿戴整齊，飽食無憂，並且各有特色。大的伶牙俐齒，小的呆一些，卻要兇一些。因為她小，人們便愛逗她，逗她的話是通常逗小孩子的那種：不是爸爸媽媽生的啦，是在某處拾來的啦，等等。大的也在一邊幫腔。先她還矜持著，不睬，後就掌不住，「哇」地哭了。奶奶便護她，替她回嘴。人們再轉向她與她說話，問她東家的事情。她嘴嚴得很，並不多說，可也不叫人覺著掃興。牙診所的醫生多半有著些江湖氣，說起話來「海」得很，俗是俗，卻也有風趣。所以，一邊是看牙，一邊也是玩。每一次去，都要多坐一時，一旦等到有人來拔牙，醫生拿出大管麻藥針筒，還有鉗子錘子的傢伙，這一大二小便嚇得一溜煙地跑了出去。

等到小的上了學，大的升了四年級，情形就有些不同了。兩個人，人大，脾氣也大了。尤其是那個小的，不再和她那麼親密，也不像小些時候那樣安靜，比大的還愛和她頂嘴，跳腳。她特別要強，對學校的規矩過於頂真，自己給自己加了很多壓力。為了早到學校排桌椅，擦黑板，晨讀，她給自己定了起床的時間。有一回，睡過了，起來便大哭，怪奶奶沒有叫她，飯也不吃就往學校跑。其實，這時離正式開課還有近一個鐘頭呢！升了兩年級，開始爭取入少先隊了，她便要自己洗衣服，卻又不知道如何洗。退而求其次，只洗手絹和襪子。本來就氣餒不快，再有一日，回到家，見奶奶正在洗她的手絹和襪子，尖叫一聲衝上去，像從火裏似的，從肥皂水中拾起那一條手絹和襪子，又是大哭一場。她對什麼事情都看得很嚴重，自己緊張，周圍的人也緊張。這種緊張的情緒，把她的臉都變得不好看了，整日蹙著眉。大的呢，此時生出了大小姐脾氣，衣服換得很勤，連陰天還照常換衣換褲。衣褲非要疊得平整，看上去就像燙過一樣。從小都是吃早飯時，她給大的梳兩條辮子，依著她的所愛變換花樣和髮卡髮帶。現在，大的卻對她不滿意起來，怪她把辮子編得鄉氣了。這大的和小的，都不再像小時候那麼隨她，喜歡鮮嫩的東西和顏色，越劇是不演了，那些千珍百愛買來的珠子，亂撒亂拋著，漸漸地都沒了。因為東西得來容易，兩個孩子都不愛惜東西，說不要就不要了。生性裏的浮，這時一點一點顯了出來。這種浮，還是因為生在這樣的鬧市，喧騰的世界裏，人心難免就跟著浮動。這兩個孩子，其實是沒什麼根基的。解放軍出身的父母，卻是扎在保姆奶媽的堆裏，再有小市民的生活耳濡目染，就很難有什麼定規。奶奶有時受了兩個小人的氣，就會去和她們的母親訴怨：若不是看在師母你的面子上，我就不做了！她們的母親安撫過她，再去和那兩個小的算帳，不許她們學資產階級小姐的腔調，向阿姨耍威風。資產階級是什麼，他們是喊「阿姨」作「娘姨」的，庸俗不傭俗？雖然並不懂得什麼是「庸俗」，但在那個時代裏，對資產階級還是鄙夷的。

富萍來到她們家時，她們就正在這樣事事和奶奶作對的年紀裏。

三　富萍

富萍長了一張圓臉。不是那種荷葉樣的薄薄的圓臉，而是有些厚和團，所以就不像一般的圓臉那樣顯得活潑伶俐。加上她的單眼皮的小眼，就有些呆滯。鼻子和嘴都是小而圓，比較厚實，也顯得呆滯。剛從鄉下來時，她的兩頰紅紅的，皮膚是皺的，粗糙，但飽滿結實。是因為陌生，還是天生口訥，她極少話，但人家說話，她卻很注意聽，眼睛直楞楞地看著你。這時候，你會在她呆滯的表情下面，發現一種銳利，她的眸子很亮。在上海再住些日子，她兩頰上的紅漸漸褪去，像是白了，其實是黃，所以就顯出些精明。她剪短髮，齊耳，挑偏路，髮多的一邊卡一個塑料髮卡，孔雀羽毛的樣子，綠底上粉紅的一周小點。跟了奶奶，她成天垂了頭做針線，將奶奶的針線扁筐擱在膝上，一針一線地縫。替奶奶縫衣服，也替自己縫，是奶奶買給她的花布料。有時也替東家的大人孩子補襪子，釘鈕子，做些小活。她從小在田裏做，至多是粗針大線地縫些粗活，奶奶就教她各種針法：來回針，人字針，繰邊，鎖邊，鎖孔，做長鈕，盤鈕，排鈕，暗鈕。夠她學一陣的。她的手是粗短多肉的，伸在袖口外的一截手腕，是壯碩的。她低了頭，頭髮朝前垂下，露出的後頸和一點後背，同樣是壯碩的，是那種肉背。但因為年輕，又是出體力的，因此，肌肉很結實，骨骼是緊湊的，看上去就勻稱了。奶奶心想，媳婦還是很有眼力的，秀氣的孫子就要找這樣下得力氣的女人，才有幫手。

富萍身上的衣服都有些顯小，略微裹著。後衣襟吊在臀部上，後領則向後撅，衣袖抵到腕上一、二寸的地方，褲腿也只抵腳踝上一、二寸光景。腳上是一雙陰丹士林藍的橫搭袢布鞋。她緊繃繃的，透出一股子鮮豔的鄉氣。和她的表情一樣，她的行動也是遲鈍的，看上去很「木」，但這「木」裏面，卻也透著一股子勁道。她的動作有力而且有效果，所以，雖然「木」，卻並不拖沓。她來到之後，到糧店買米的活就落在她身上。五十斤米的袋子，紮得緊緊的，扛在左肩，左手撐在腰裏，右手從前面抓住口袋沿，輕輕快快走過弄堂。這姿態也有一種鮮豔的鄉氣。城裏女人不會這樣開放自己的肢體，步子也不會這樣碎而輕捷，有一點像台步。所以，富萍是有一種嫵媚的，不是在長相裏，也不是在神氣裏，而是在周身上下散發出的氣息裏面。這和她揚州的鄉風有關，和青春有關，當然和性別也有關。

富萍對奶奶是敬畏的，因為這是李天華的奶奶。她和李天華總共見過兩面，沒有說一句話。這個人對她是遙遠的。現在，她和他的奶奶朝夕相伴，晚上還一頭一腳地睡一張床。她感覺到奶奶的體溫，還有奶奶身上的頭油味、香皂味和雪花膏味。床有些小，原先是奶奶一個人睡的，靠了北面牆，頂著東牆橫放。靠西是房門，門和床之間，還放一張桌子，上頭擱熱水瓶，冷水瓶，茶盤。南牆的窗下，是一張大床，靠了西側，東側，是通向小花園的門，大床上睡兩個孩子。在兩張對角放的床之間，還隔著許多東西：東牆下的長沙發，碗櫥，西牆的五斗櫥，樟木箱，中間的方桌，皮椅子，幾把小矮凳。可依然不顯得擁擠，走動起來，並不磕碰。那兩個小的，隔了半個房間，和奶奶頂嘴，取笑奶奶的揚州口音和不領世面，誇張地笑著，在床上滾作一團。她們是因為有富萍這個生人在場，格外地興奮，人來瘋。奶奶呢，多少也有一點。奶奶是有一些天真的，她倒並不像富萍那樣在意她們之間的輩分關係。她炫耀地給富萍看她的箱底，多年積攢成的一件皮毛夾襖，幾斤絲棉和駝毛，奶奶耳朵上還掛了一對金耳環，亮閃閃的。富萍看了閃著金耳環的奶奶的側面，表情是木的，心裏卻很活躍。晚上，關了燈，裸著的窗戶上映進月亮光和枝條的影，耳邊是奶奶和兩個小的逗嘴聲。她們的逗嘴是有默契的，所以她這個初來乍到的人就不能了解其間的有趣，上海話她也並不全懂，只是聽到一些活潑的聲音，在房間裏穿行。這一刻，假如能看見富萍的臉，就好了。她的臉變得生動，浮著一層薄光。她側身躺著，勾著頭，頭髮順在耳後，露出腮，看上去很純淨。因為白天沒出力，她的身體沒有一點疲乏，精神也很好。房間裏的家具在暗中顯得有些華麗，流淌著幽光。木條地板上的紋理清晰可見，像河裏的水紋。別以為富萍「木」，其實她一直在看和聽，雖然不是十分的了解，但表面的特徵卻是抓住了。每天都有新印象，或者是舊的印象有更新。每天她都懷了一些新鮮的感受，在不知不覺之中睡熟。儘管是不疲累，可年輕的身體特別合乎自然的規律，依然有食欲，又睡得香，打著輕輕的鼾。幾條疏淡的枝影畫在她的腮上，她甚至顯得嬌好了。

奶奶有時會和她談孫子。孫子，奶奶這麼叫李天華。奶奶說：孫子老實，懂事，書也讀得好，倘若不是家中弟妹多，指望他回家勞動，奶奶她有心再供他幾年呢。富萍低著頭，從不搭話，不知她是聽還是不聽。奶奶還說，孫子也來這裏的東家家裏玩過，師母很喜歡他，特地和他談話，問他農村的事情，又問他怎麼打算自己的前途。奶奶說了孫子許多好處後，就用一句話打住：將來我還要靠孫子呢！說完，不管富萍聽是不聽，起身燒飯去了。富萍怎麼能夠不懂奶奶的意思呢？只是覺得將來這一天還遠得很，在這之前說不定會發生什麼事情。這是富萍和鄉下女孩子不同的地方，她相信什麼樣的事情都會起變化，沒有一定之規。

鄰居中的一些老太，和做保姆的女人，因為有經驗，比較識人，她們在背後同奶奶說：富萍比孫子調皮。她們說，她的眼睛很靈活。要說，她們真夠眼尖的，竟然能在這木訥中看出靈活。這些阿姨阿婆難免是有些牽強附會，生怕別人不知道她們精明，又好生事。但也不能因此說她們沒有見地，這都是一些有來歷的女人，她們的話也許真有幾分道理。和她們比，奶奶就算是老實的了，而且耳朵根子軟。她們的話一下子就進到她的心裏，她有點心病了。她想起有一天晚上，兩個小的瘋夠了，都睡熟了，房間裏靜靜的，忽然，富萍「哧」的笑一聲。她問：你笑什麼？富萍不說。當時不覺得什麼，現在想起來，這孩子真有些調皮的。將來會不會欺負孫子？她便用話去探富萍，說：你不給家裏寫封信？讓那大的替你寫，她很會寫呢！富萍是存心還是不存心，說：我那叔叔嬸嬸才不記掛我呢。把奶奶說的孫子「家」，當成她從小長大的叔嬸家。奶奶就拉了大的，自己給媳婦寫信，然後問富萍，有什麼要說的？富萍低了頭不說，再問，就反過來問奶奶：我有什麼要說的？那邊大的已經不耐煩了，吵著要快些結束，好去玩。奶奶只得算了。探了幾次，沒探出什麼，奶奶還都像是輸給了她。奶奶就領教了富萍的「調皮」。

從前，看電影，是奶奶帶著大的和小的。現在，奶奶就讓富萍帶。那大的和小的，是不服她，也是發「人來瘋」，不讓富萍攙她們的手，而是跑得飛快，期待富萍像奶奶那樣來追她們，好在馬路上亂竄一氣。一會兒躲進商店，一會兒躲在樹後頭。她們和奶奶都喜歡這樣的把戲。去看電影的這段路不長，卻是她們的樂園。其中要經過一個百貨店，一個家具店，一個熟食店，一個照相館，一個弄口，一個服裝店，一個中等規模的布店，然後過一條小馬路，就到了。就是為過這條小馬路，東家一定要讓奶奶帶，而不許她們自己去看電影。曉得大人不讓過馬路，她們偏要過。小孩子都喜歡做危險的遊戲，這樣很刺激。所以，當她們接近了這條小馬路時，就像賽跑運動員看見了終點，全速奔跑起來。她們尖聲叫著，掙脫了奶奶的手。並且東一個，西一個，讓奶奶顧此失彼。等到奶奶驚慌失措地奔過馬路，卻並不見她們，再回到馬路這邊，兩個小妖精一下子從轉彎角的店堂裏竄到背後，大叫一聲，嚇她一跳。其實她們才沒有獨自過馬路的本事，虛張聲勢罷了。這樣的把戲來上一回兩回就知道套路了，奶奶也不用真著急，可奶奶就是真著急呢！每一回都急得腳跺跺的。這樣，她們才能樂此不疲。沒有奶奶，看電影的樂趣要少掉一半呢！有一回，奶奶得急性盲腸炎，住院了，她們只得自己去看電影，上家庭教師家學英語。母親囑她們一定要手拉著手，跟在大人身後過馬路。於是，所有熟悉的景致都變得陌生，而且面目冷淡。當有一天，她倆走在回家的路上，忽然看見前面有個人，張開手，做出老鷹捉小雞的姿勢，等她們跑過去，是奶奶！兩人撒手了過去。小的比較楞，抓住奶奶的手就不鬆了，大的則偎在奶奶懷裏，哭了，奶奶也哭了。三個人摟作一團走回了家。

富萍對她們的把戲絲毫不領會。見她們跑了，並不去追逐，等她們在身後大吼一聲，也不吃驚。她們很快就沒了興致，乾脆落到後面，走得特別慢。互相勾著頸脖，對了富萍的背影嘰嘰咕咕的。富萍呢，也不回頭，任她們去。到過馬路時，她們只得放乖地走到富萍兩邊，一人拉她一隻手，過了馬路，走進電影院，枯坐著等燈黑開映。在她們眼裏，富萍是這樣沒有風趣的一個人，也不和她們親密。她總是木著臉，不曉得心裏在想什麼。其實呢，富萍真也沒有那樣複雜，對那兩個妖精似的小的，她有些應付不過來。這裏的人，眼睛都那麼活，說話又快，反應特別敏捷，不曉得吃什麼長的。她領會不了她們的意圖，也不知這有什麼意思。所以她也覺得，在她們過於聰敏的表面底下，也沒有什麼。還有那些阿婆阿姨，眼色是詭詐的，說話大有深意的樣子，但內裏，有什麼呢？她也看不出來。她可不像奶奶那樣軟弱，容易受人影響，她有自己的見解。

弄前的這條街，她漸漸有些熟了。因為常被奶奶差使買這買那，還帶兩個小的看電影。走在街上，就像走在水晶宮裏似的，沒有一星土，到處是亮閃閃的，晃眼。富萍覺得好看，但到底是與她隔了一層，和她關係不大。那些摩登的男女，在富萍看來，好看是好看，卻是不大真實，好像電影和戲裏的人物。櫥窗裏華麗的衣物，也不大真實，只能看，不能上身，一上身就成怪物了。照相館陳列的大照片，富萍比較喜歡看，倒是覺得非常真切，毫釐畢露，活靈活現，是個真人，可又是個天人。她真正有興趣的是另外一類事物，比如，那個兩間門面的布店。櫃台上和貨架上放著的一匹一匹的布，使她生出一股親切的心情，就好像遇到了一個認識的人。有時，她會駐步停在布店門前，向裏看幾眼。店員抻著手臂，一下一下地扯布。布尺在台面上滾動，拍出結實的「啪、啪」的聲響。然後剪刀在對折起的布裏面剪開一個小口，再聽「嗤啦」一聲，一段布扯下了。緊接著，算盤珠子劈里啪啦地響一陣，帳算好了，找頭和發票往帳台頂上的鐵夾子一夾，向櫃台那邊一送，鐵夾子便順了一根鉛絲「刷」地飛過去，到了店員手裏。這時，布也疊成了一卷，包上紙，繫上一根細細的紙繩，銀貨兩訖。這些聲音在富萍心裏激起了反響，她感到興奮。還有，馬路對面一個小煙紙店，也叫她感到親切。裏面的老闆娘，倚著櫃台，手裏捧一個藍邊細瓷小碗吃飯，有人來買東西，便把筷子墊在碗底下，一手端碗，一手接錢遞貨。要有相熟的人走過，則招呼一聲，聊幾句閒話。在小煙紙店過去十來步的一個弄口，又有一個裁縫鋪子，總共師徒二人。師傅是個老年婦女，北方人，說著北方腔的上海話。徒弟則是個看上去有些弱智的姑娘，體魄高大，長了一個酒糟鼻，說話口齒不清，但並不妨礙她踏縫紉機做活。鋪子很小，僅只是靠山牆起了三平方的棚，半面全是玻璃窗，因此就非常敞亮。行人從弄口走過，都回頭看看裏面。案子上堆了布料，兩架縫紉機噠噠地響個不停。富萍看見了，水晶宮的底下的，勞動和吃飯的生活。這使她接近了這條繁華的街道，消除了一點隔膜。

富萍也漸漸地認識了這條街上的人。別看人多，熙來攘往，其實經常出入的，就是那麼一些固定的人。她漸漸記熟了這些臉。有一個燙髮的瘦削的女人，臉模子其實並不難看，只是氣色不好，帶著苦相。她經常穿一條西服裙，上面一件白色開襟的羊毛衫，提著一個手提包。看上去她像一個女教師，或者女職員，但卻常常見她在應該上班的時間，在街上匆匆地走。有一個圓臉大眼睛的寧波老太，也是常見的。她在這條街上，有許多熟人，走一路打一路招呼，還站下腳和人說話，說話的聲音十分脆響。手上很少空著的，或者提半籃菜，或者端一口鍋。另有一個長臉的老頭，長得像一個種田人，黑，瘦，駝背，理平頭，腰裏繫一條油漬麻花的圍裙。他是附近醬園店的伙計。有時候，他提著空油桶在街上走；有時候，是提著一口缸。又有一次，他端了一碗花生醬，醬上小心地蓋了一張油紙，身後跟了一名哭泣的小女孩。原來，小女孩的找頭叫人拿走了，他送小女孩回去向大人說情。再有一對黃臉的雙胞胎姊妹。可能是在胎裏受擠的緣故，兩人的臉狹得驚人，一條縫似的。她們是小學生，卻是成年人一樣不耐煩的表情，斜著眼看人，嘴裏咕噥著。還有一個東北的小腳老太，穿一身黑布袍，頭上戴一頂黑帽子，帽子的前方鑲著一塊玉，臉上有麻子。這樣一個老太，走到富萍的揚州鄉下，都是不合適的，可走在這條街上，卻沒什麼，很自然。沒人把她當怪物，多看一眼。她身上散發出濃烈的蔥蒜和酵粉的氣味，說一口東北土話，可依然有人與她搭話。這條街其實挺雜，什麼樣的人都有。這些人，全都是勞作的，操持著各色生計。這些生計形形種種，非常豐富，它們開拓著富萍的眼界。

富萍對電影的興趣遠不如對這條街上的生活。她不像她奶奶，會為劇中的人物流淚，激動。她很清醒地知道，那都是戲中人。那些阿婆阿姨奶媽在一起討論戲文，她也只有當無地聽聽。她卻是注意聽她們議論各家的短長，在這方面，她不得不承認她們的見識，她們知道的可真是不少。這裏的人家呢？竟也有著這樣複雜的歷史，家家都有一本厚帳，好像他們才是電影和戲裏演的。鄉間的人與事，多是幾百年不變的，家家差不多，哪像這裏，各有各的來處，並且歷盡曲折。富萍原以為上海人是享福的命，現在就知道，什麼是做人謀生的難？上海人就是。可這難裏又不全是難，而是有得有失。富萍很善捕捉這些女人沒頭沒尾的言語，很快就弄明白誰是誰，誰和誰又是什麼關係。她從來不發問，只是聽。

上海話，她大致聽得懂了，有一些俚語，口頭禪，也了解了些意思。有些話是她們罩著耳朵，掩著嘴說的，從她們的神情，她竟能猜出二、三分。她們不懂一起議論別人家，還分開來，彼此議論。原來，她們各自都很複雜。有一回，奶奶帶兩個小的去看牙齒了，留下富萍一個人看家。她坐在方桌前糊一張靠子，隔了房門，阿婆阿姨們坐在走廊上說閒話，隻言片語送進她的耳朵。她聽出她們是在說奶奶呢！富萍的手有些抖，倒不是生氣，也不是吃驚，她眼前現出奶奶戴了金耳環的豐腴的側面。她這才發現，奶奶看上去還很俏。

四 呂鳳仙

鄰里中，呂鳳仙是個人尖。蘇州人，生得長眉入鬢，高鼻秀眼，十分端麗。要是燙長波浪，穿旗袍，就像舊時月份牌上的美人了。只是沒有美人那麼溫婉，而是有些兇相。她是走做的阿姨，在弄堂裏有一間房，說起來，也可算是她老東家留給她的。她是老東家太太的陪房娘姨，從蘇州木瀆帶出來的。專門留在房裏梳頭，做針線，偶爾下廚做幾個蘇州菜。一九四八年底，老東家遷去香港，問她是去是留。她雖然捨不得太太，但香港的地方，在她腦子裏，就是像福州路那樣，蛋硌路上，走著趿著木屐的廣東女人。那裏天氣潮熱，流行腳氣病，不是都叫「香港腳」嗎？她還想起木瀆的父親母親，用她寄回家的錢開了個小錫箔店。她想，她終有一日要回去的，店面是她的，不能落到哥哥嫂嫂手中。所以，她回答太太，留下。留下的有三個人，她，廚子，還有車夫。廚子是有女人小孩的，一起住著。車夫很快在汽車行裏找到了工作，走了。她和廚子一家守了一座房子，空寂得很。她不願和廚子家一起吃，自己獨自燒點。外面的世道又不太平，不敢出去找同鄉小姊妹玩，就只能在房子裏走來走去。開始還有心思打開房間通風，撣灰，後來也厭了，沒了心思，就讓門窗關著，只抹一把樓梯扶手上的灰。漸漸的，樓梯把手上也積滿了灰，牆角裏吊起了蜘蛛網。早上，她懶得起床，躲在被窩裏。她的房間是朝西的偏屋，窗戶對了後天井通前花園的過道，聽得見廚子的女人在花園裏掃落葉的聲音，一掃帚，一掃帚。她真的有點後悔沒跟了太太去香港。

不過，到底也沒有寂寞多久。解放軍進城以後，把這幢房子收去做了機關，廚子被機關聘用了，還住在原先的房間裏。她則被遷出來，住到了現在這條弄堂裏，三樓的一個亭子間。同時，也在這條弄堂裏，找到幾份人家幫傭。這一年，她二十五歲，在那時的風氣裏，對於婚姻，年齡是偏大了些，但還不是沒有機會。東家以前的那個車夫就來找過她，穿了一身人民裝，梳著鋥亮的分頭。腳上也是鋥亮，一雙黑牛皮鞋。這時候，他也是在一個政府部門裏開小車。這個車夫比她長三歲，有正當職業，照理很相當。可她見不得他嘴裏鑲的那顆金牙，這使他像一個「白相人」。她終於沒有應下他的話。老家木瀆也有個人，比她小一歲，開木器店，很討她爹媽的喜歡。人，她是見過的，雖談不上標緻，也不摩登，卻是乾乾淨淨，整整齊齊。但想到，他的木器店挨了自己的錫箔店，會不會是對她的店面有偷覷之意？她又不敢了。一個有了份家產的女人，不得不多些戒心。再說，她是靠自己慣了的，沒有男人，她生活得好好的。因此，一年，兩年，三年的，就拖了下來。

又過了兩年，公私合營，木瀆也跟進，大店小鋪都歸了公。有的店鋪實際還是原來的業主做，但是由上級發給工資，盈利也上繳。像她爹媽那樣的錫箔店，因是迷信的產物，所以乾脆關了。呂鳳仙為自己將來準備的退路，就這樣斷了。好在，呂鳳仙在上海有戶口，有房子，也過得習慣，真要回去，她反倒不知該怎麼生活。所以，心疼是心疼，但終究還好，不去多想也罷了。這樣，她就在上海扎下根了。她是個能人，什麼事都做得比別人強三分。雖然過去在老東家家裏並沒怎麼做過，可她見過呀！她就有這個本事，過目不忘。看什麼會什麼。她老東家是什麼樣的人家？過著的是什麼金枝玉葉的生活？她只要拿一隻角來，便可讓普通人家折服。因此，弄堂裏的人家，要有重要的事情，都來請呂鳳仙。請客，要弄一個魚翅羹，或者奶油布丁；嫁女兒，要置辦嫁妝，繡品的花樣，針法，幾式幾樣；發送老人，裝裏的規矩，大殮的程序；孩子出痧子，吃什麼忌什麼，呂鳳仙都是最懂的。她也樂於幫忙，不肯收報酬，相反，還要貼上自己的東西。這弄堂裏，人人都欠下了呂鳳仙的情，對她十分恭敬。

呂鳳仙內心是喜歡這條弄堂的，在她心情灰暗的時候，才會拿老東家的生活與這裏作比，證明自己在走下坡路。但事實上，這裏的生活，雖然是小家小戶的平常日子，卻是她自己的。不像老東家那裏，什麼都是好，可都是別人的。而且，像老東家那樣的大戶人家，好，也是外面看著好，在裏面，才知道一樣的錙銖必較，點點滴滴。有些捉襟見肘的地方，是外面人想不到的。現在，老東家的生活，是給她做了一件資本，提高了她的身分。她雖然是幫傭，可和別人幫傭又不同，是吃自己飯的。不像奶奶她們，住人家的家，吃人家的飯。所以，大多數時間，呂鳳仙是比以前過得愜意，人也胖了。這條弄堂，多是中等人家，過的是柴米生計，煙火氣重，熱烘烘的，蒸騰得很。呂鳳仙從那座空盪盪的大房子搬來這裏，有些像回到人間。且對著這條鬧市的馬路，電車叮叮噹噹地駛來駛去。早晨，店鋪開門之前，店員們都站在人行道上做廣播體操，音樂蕩漾在街道上空，傳進弄堂。即便是在寂靜裏，也有一種聲浪，在明媚的陽光裏流淌。到了夜晚，還有假日，這裏就有些甚囂塵上了。

呂鳳仙所做的人家中，主要的一家就在奶奶東家的樓上，也是一對在機關工作的夫妻，沒有孩子。呂鳳仙有意挑選這樣人口簡單的人家做。她自己沒有結婚生子，天性又挑剔，對人家的小孩子就談不上有什麼喜愛。她愛乾淨，穿著素淨整齊，帶著些清高的神態，有小孩子的人家也不敢用她。像這一對夫妻正合適她，一放出話要找人，人們便立即想到了她。這夫妻倆早出晚歸，實際上只在家中吃一頓早飯和晚飯，再洗兩個人的衣服，收拾一間房間。所以她上午還到另一家去燒一頓午飯。這是在隔兩個門牌號的門裏，一個浦東老太，獨自住一層樓面。弄堂裏的一些知根底的人知道，她男人帶著小老婆和兩房的子女去了香港，是她自己要留下來的。一個人雖然寂寞些，卻清靜，少生許多閒氣，倒過得很安適。呂鳳仙替老太燒一頓午飯，洗幾件衣服。下午呢，她是到弄口，小學校旁邊的一戶人家，專事收拾房間。用蠟扒拖亮三大間房間的地板，再替一堂紅木家具打蠟。大約三點鐘光景，她再回到那對夫妻家中，燒晚飯。等他們吃罷，洗好碗，她便回自己的住處，做自己的晚飯。為了避嫌，她從不在東家廚房裏燒飯，之間分得很清。等她燒好晚飯，已經七點八點之間了。她一個人坐在桌前，端一隻金邊細瓷碗，慢慢地吃著。窗下有一些噪音，有一聲無一聲地送進耳朵。有人在彈鋼琴，當然沒有老東家的兒女彈得好，但卻也是悅耳的，勾起一些熟悉的東西。吃罷飯，洗過碗和手腳，呂鳳仙從抽屜裏拿出一本帳簿，打開在桌上，將當日的花銷一筆一筆寫下。她會寫幾個字，是過去的太太教她的。差她買東西時，好認得東西的名稱，牌子，和價錢。呂鳳仙很喜歡記帳，而且是用毛筆寫的小楷。她坐得很直，一絲不苟地記著：蔥，兩分；瘦肉，三角；米莧，一角。她很得意自己竟能寫出「米莧」的「莧」字，有一些讀書人寫的都是「針線」的「線」。再記下當月配給的半條「固本」肥皂，本季度的一張線票的線，然後在算盤上得出總數。最後，是清點錢包裏的錢，核對帳目。她合上帳簿，拉上錢包，心裏就有一種富足和安定的感覺。這是真正的勞動吃飯的生活，沒有一點愧對內心的地方。

有時候，會有人來敲門。這樣的來客不多，就幾個。一個是隔壁的金師母，一個是另一個號頭門裏的五娘娘，還有一個就遠了一點，是她老東家的世交家裏的保姆，阿菊阿姨。這一家留在了上海，但將傭人都遣散了，只留下阿菊阿姨。這都是有身分，有見識的人，會來敲呂鳳仙的門。或者打聽往年做衣服拉絲綿的常州女人，今年還出來不出來了，或者請她幫忙拆幾隻蟹粉。阿菊阿姨有時是被東家遣來，向呂鳳仙打聽她老東家有沒有消息，或者替她送來老東家的幾句口訊。

客人走後，剩下的夜就不長了。她還要做一點針線，想一想明天做什麼。弄堂裏很靜了，樓梯上還有些響動，過一會兒也沒了。呂鳳仙收起活計，脫衣上床，關了燈，睡了。

呂鳳仙和奶奶彼此很相幫。呂鳳仙不會殺雞——世上到底還有呂鳳仙不會的事情，奶奶卻會。她很利索地捉住雞的一對翅膀，再將雞頭向後彎過來，和翅膀捉在一起，拔去喉上的毛，一剪子下去。雞腿掙了兩下，毛奓起來，又伏下去，不動了。然後倒過來，讓剪開的雞喉裏的血流入半碗清水中，轉眼間完事了。等端午包粽子，就又是奶奶求呂鳳仙了。呂鳳仙坐在小凳上，面前一盆拌了赤豆的米，一盆浸過醬油的米，再有一盤挑選過的肋條肉，粽箬是浸在木盆中的清水裏。她嘴裏咬著繩，兩隻手將粽箬彎成一個三角兜，托著，空出的手舀米，一勺正好，再填肉，又一勺米，也正好。粽箬蓋上去，窩下來，包住，又是正好，稍拖下一點粽箬的尾。角和稜略略掐一道，然後開始捆，這一回，嘴也湊上去幫忙了。來不及看明白，一只模樣俏正的粽子出來了。肉粽是長腳粽，甜粽是三角，高興了，還給兩個小的包一串小小粽，一口一個的。邊上圍了人看，看她的手勢。呂鳳仙到蘇州看爹媽去，一、二天回來，奶奶就幫她樓上的東家燒晚飯，洗衣服。奶奶患盲腸炎住醫院那幾日，則是呂鳳仙替奶奶的東家燒飯，洗衣。上回，奶奶和那小的排隊買越劇《追魚》的電影票，有一張就是給呂鳳仙。奶奶是個不大有主意的人，凡事喜歡聽別人的。呂鳳仙呢，因為有主見，就愛幫人拿主意。於是，呂鳳仙就是奶奶最常請教的人。但是在要不要過繼孫子這件事上，奶奶到底還是沒聽她的。奶奶的那些親戚比呂鳳仙力量大。再則，奶奶畢竟不是像呂鳳仙那樣獨立自主的人格，年紀長一些，思想也保守一些，不敢斷了親戚的路。呂鳳仙對孫子說不出什麼來，這樣一個文靜溫和的男孩子，一說話就臉紅的。但對富萍，就有挑剔的了。

富萍的，包在略厚的單眼皮裏的眼睛，直楞楞地看著她，鈍拙中，有一種尖銳。小姑娘不簡單，呂鳳仙心裏想。有一日，她將她自己的菜，盛了大半碗，送給富萍。奶奶趕緊讓富萍道謝，激動得臉都紅了。相形之下，富萍的態度就要冷靜得多。她只動了動嘴唇，就低下頭去。呂鳳仙又一次領略了富萍的不簡單。有一回，呂鳳仙走在弄前的馬路上，看見富萍站在那家布店門口。她好像是已經走過去了，又停下來側身向裏看。這就使她的身姿顯得比較活潑，身子微微後傾著，側向裏面。這和她平素木訥的形象有些兩樣。她沒有發覺有人看她，將這樣的身姿保持了一些時間，直到呂鳳仙走過去了，還沒有動彈。這也給了呂鳳仙一個不安分的印象。還有一回，她看見那兩個小的，和富萍調皮，說一些瘋話去挑逗她。她一直不作聲，然後就說出了一句很厲害的話，將她們嗆了回去。平時呂鳳仙也覺得這兩個小的沒規矩，可這一次，她卻很保護地對兩個小的說：過這邊來，鳳仙阿姨給你們削蘿蔔花。於是，兩個小的過到她跟前，她一人給削了一朵蘿蔔花。紅皮白心的小水蘿蔔，削一周皮，翻下來做花瓣，裏面的瓤再剔幾刀，就成了花蕊。富萍本應是有些尷尬的，但她一點聲色不動，低頭縫著她的針線。

這樣觀察了一段，呂鳳仙便和奶奶說，富萍比孫子調皮。奶奶很愁地說：將來孫子會不會吃虧呢？雖說是過繼的孫子，但孫子是個好孩子，奶奶是有幾分真心喜歡的。她想到孫子是那樣老實，上回來，師母和他說話，遞他個蘋果，他怎麼都不肯接，兩個小的硬是上去掰開他的手指頭，將蘋果塞在他手裏。呂鳳仙說：上海這種地方，還是不要久留，心思容易活。奶奶說：可孩子不說走，我就不能說走，我要得罪了她，不還是孫子受氣？呂鳳仙聽奶奶的話裏已經是懼她三分了，很是感嘆，心裏說：我只能幫你做事，不能幫你做人，就不作聲。

奶奶雖然不如呂鳳仙精明，但同樣是諳熟人事的，她奇怪的是，富萍來到這麼一個月，竟一點不想家，一句不提回家的事。她曾經試探地說：買些什麼東西回去帶給她叔叔嬸嬸，還有小表弟妹呢？富萍回答一聲：不礙事。是指回不回去「不礙事」呢，還是說帶不帶東西「不礙事」？奶奶真是摸不透富萍的心，自己反沒了主意，所以還是要找呂鳳仙商議。呂鳳仙出了一個主意：讓孫子來上海，接富萍一同回去。這一著確實挺好，一來可打發她走；二來呢，又鞏固了孫子和她這門親事。奶奶卻猶豫著，孫子是個臉嫩的人，肯不肯來呢？就算孫子來了，富萍又會不會和孫子「作」，不一同回去？這就要傷孫子了。男人叫女人傷了一回，就有第二回，以後再抬不起頭了。呂鳳仙針對奶奶的顧慮說：就看孫子的本事了。這話背後的意思是，孫子要是降不住富萍，將來吃虧也沒話說。奶奶左思右想，終於得出一個折衷的主意，那就是徵求富萍的意見，是不是讓孫子來上海，一同玩幾天，再一同回去。她把這話去問富萍，富萍紅了臉，低下頭嗔道：我又不認識「孫子」。奶奶自己也不好意思起來，好像急著要娶這個孫媳婦似的。

富萍怎麼聽不出奶奶的意思？她不僅聽出奶奶的意思，還聽出這意思裏有一大半是呂鳳仙的主意。來這段日子，富萍已經看出奶奶其實是個軟弱的人，多少有些受欺，呂鳳仙這樣的知交，還在背後傳奶奶的閒話。她畢竟是個孩子，沒有多少人生歷練，看人看不深。她只是不喜歡呂鳳仙，覺出這是個壞人家事的女人。人們都捧她，在富萍看來，至少有一半是出於怕她。富萍在心裏把她叫做「笑面虎」，因為她表面上總是很和氣，白送人家好處。她心裏是談不上有多麼喜歡自己的，卻還送過吃的，穿的，又教自己挑十字花，補絲襪。這就不僅是富萍涉世淺，還因她到底是鄉下人，性子直，不曉得人性的曲折。像呂鳳仙這樣的女人，再是個強人，內心也是寂寞的，想與人為伍。因為確實比人高一籌，就難免要作作祟，並不是一味要與人壞的。讓富萍回去的事暫擱下不提了一段日子，呂鳳仙卻又替富萍找來一個活。弄堂裏有一戶人家生了小毛頭，要找個洗尿布的，呂鳳仙就想到了富萍。她對富萍說：自己賺幾塊零用錢，不必事事要奶奶開銷，你奶奶也不容易得很。這話說得很貼心，富萍第一次溫順地點了點頭，說了聲：謝謝鳳仙阿姨。呂鳳仙的心軟了軟，對富萍改變了點看法。但翻轉過去，對奶奶說的是：給她找事做，好看緊一些。奶奶自然對呂鳳仙感恩不盡。

當日，富萍就上工了。呂鳳仙送她到產婦家，告訴她哪裏是水斗，盆，這家的煤氣，燒水的銅吊。教她怎麼先薄薄打一層肥皂，再澆半滾的熱水，肥皂沫就出來了，過兩遍清水，肥皂味就沒了。省肥皂又省水，這裏不比鄉下，水是河裏的，隨便用，上海水也是錢買來的。富萍低頭聽她調教，心中並不反感。雖然洗尿布只是個小活，一個月才兩塊工錢，但是在上海，她憑自己勞動掙錢，這就是個大事了。富萍將一木盆尿布洗出來時，呂鳳仙又來了一回，教她怎麼將竹竿橫在弄堂上方，一頭擱在二樓窗台，另一頭擱前邊的籬笆牆上。檢驗了一遍她洗的尿布，才放心地離去。離去前，教誨她說：給人家做事，要做得地道，賺的才是良心錢。此時，富萍就有些感動了，想，呂鳳仙到底是呂鳳仙，怪不得人人都敬她三分呢！夜裏，睡在床上，她笑嘻嘻地問奶奶：奶奶，你說鳳仙阿姨是什麼樣的人？她今天心情很好，很想聊天，言語也變得活潑了。奶奶聽了她的話，嘆息了一聲，說道：人是好人，就是太過要強了。富萍就說：要強有什麼不好？奶奶說：要強是好，可是，人強還能有命強嗎？人強得過命嗎？富萍不服地說：命有什麼？奶奶只管自己說下去：她的命還不如我呢，沒兒沒女，我到底有個女兒，還有孫子。聽奶奶提起孫子，富萍就沒話了。奶奶呢，也好像被自己勾起了心事，不再說話。一祖一孫，身子貼了身子，卻又隔了十萬八千里，各想著各的，慢慢進入了夢鄉。

五　女中

富萍的東家在奶奶住的前一條橫弄裏。這一條橫弄和再前一條橫弄，就隔開很遠了，中間是一個女子中學的操場。而那一條橫弄則是從弄口東邊的，另一個弄口進去的。房子的樣式要比這一條弄堂的，更為老舊和高大，紅磚的牆面，四層樓高。隔著一個操場，和這邊的橫弄遙遙相望。女子中學的校舍是在操場東側，和前邊橫弄同樣格式的房子，也和它共用一個弄口出入。上海有許多中小學原是私人所辦，就在民居之中闢出兩間教室。這所女中是所初級中學，沒有高中部，資質中等。所以，所收學生也是中等學生，又多是普通人家的女孩，居住在這條繁華街道周邊的小馬路上。早上七點鐘光景，便見女生們成群打夥地擁向這條弄堂。下午三、四時許，又擁出弄堂，散在馬路上。女中的學生都有些怪，單個，或者三個兩個，走在外面，特別矜持，目不斜視，綳緊了臉。一旦進了學校，立即就瘋了，吵吵嚷嚷，嬉笑打罵，喧鬧聲把這幢校舍都要抬起來了。所以，社會上就說，女中的學生最「癡」。這「癡」指的是「瘋」，多少帶著些鄙視。附近有所男女合校的上海市重點中學，前身是法國教會學校，學生多是中產階級家庭出身，氣質自然不同了。女生們愛穿寬帶的藏青短裙，或者格子布裙，白色的齊膝長統襪，白跑鞋或者横搭袢黑皮鞋。短辮的辮梢與額髮，燙成蓬鬆狀。要是短髮，髮梢也是蓬鬆的。男生則多是戴眼鏡，西裝褲，皮鞋，那種大大的牛皮書包。他們中間不少人請了家庭教師，上鋼琴課，英語課，有的是參加學校話劇社。這個話劇社在全市都很著名，也是有傳統的，曾經上演過原版的莎士比亞戲劇，還有《茶花女》。這所中學的學生，顯然不將女中學生放在眼裏。女中的學生，在他們跟前，不由就瑟縮起來。

女中的學生們，就顯得俗了。她們偏愛花色的衣服，書包也多是帶荷葉邊的花布兜。頭髮，是編成長長的辮子，卡著花卡子。也因為那樣多的女生混在一起，有幾個不俗的，看上去也不起眼了。課間休息，她們不是看書或者做遊戲，而是拿出鉤針和竹針，編織毛衣。課餘時候，她們流行到照相館穿戲裝拍手指甲大小的照片。逢到節日，紀念日什麼的，她們也排練演出。在操場上搭一座台，圍起幕布，拉上電燈和麥克風，一個班級，一個班級地上台表演。節目大多是合唱和獨唱，帶一些戲曲清唱裏的動作。有一次，兩個女生上台演一齣相聲，穿扮成男相，一人穿一條男式西裝短褲，反顯得更加女人氣，一種粗鄙的女人氣。她們都要比同年齡的學生顯得年長，其實不是年長，而是女人氣重。做操，升旗，站隊，上體育課，她們多是敷衍的姿態和動作，草草了事。要是槓上練習，或者跳鞍馬，這些動作幅度比較大的運動，她們便都縮在一邊，「癡」笑著你推我，我推你。教體育的是個男先生，看來也對她們興趣不大，愛做不做，並不喝令她們。她們也就感到無趣了，訕訕地一個個來做，由那男先生在一邊做保護。從槓上或鞍馬上下來時，每個人都漲紅了臉。女中裏傳出的讀書聲，也不像男女同校的那樣清朗，而是黏黏纏纏的，心不在焉的樣子。好像她們自知在讀書上沒什麼前途，只是打發時間。在別人看來，她們的學生生活是不幸的：庸俗，平淡，沒有希望。可誰知道呢？她們很可能自有著她們的樂趣。

女中的操場，以一道籬笆牆與這邊的橫弄堂隔開。籬笆牆有二米高，漆成黑色，散發出油漆味和陳年竹子的朽味。透過籬笆的縫隙，可約略看見操場上的情景，從二樓和三樓的陽台便能夠俯瞰整個操場。當女中舉行演出晚會時，這一條橫弄的前窗，和前邊弄堂的後窗，就都打開了，伏著人，一同觀看。女中有時候還會放電影，在操場上掛起一幅幕布，前後窗口上就都是看電影的人。

操場其實不大，但數百個女生擁在操場上，就相當壯觀了。這麼些人，即便不出聲已經嗡嗡營營的，一旦踏步走操，便嚓嚓嚓的一片，再要各人出點聲呢？等早操過後，操場上刷地靜下來，幾乎有些寂寥，幾隻麻雀在空地上併腳跳著，啄著沙粒。這時，富萍就來上工了。她端出一木盆尿布，拿了肥皂搓板，坐在籬笆牆下洗起來。在籬笆牆的那邊，是一排運動器械，站在沙坑上。沙坑沿了籬笆牆有一排，還供跳高和跳遠。有時候，體育先生就帶了一班女學生在沙坑邊上課，翻槓子，跳高，等等。有一些聲音從籬笆牆裏傳出來，送進富萍耳朵：尖叫，竊笑，私語，還有人落在沙坑裏柔軟又吃重的一記，間或有男先生的哨子吹響，「嘿」一聲。這些聲音雖然不大，也不嘈雜，可是卻散發著一股活躍的氣息。富萍偶爾會轉過身子，對著籬笆縫裏張一眼。看不真切，只見有花花綠綠的衣衫在晃動。

這一天，籬笆牆上忽然豁開一個門。原來，在這裏是有著一扇籬笆門，平時都鎖著，這一天，卻打開了。升旗和早操以後，女生們沒有和平時一樣進到樓裏去讀書，而是呼隆隆地向操場門跑來，跑進了弄堂。她們起先也是排著很整齊的隊，四個人一行，可跑出幾十米就跑亂了，就見她們，潮水般地湧進橫弄，再湧進直弄，從弄口湧上馬路。她們一個個都跑得東倒西歪，嘻嘻哈哈地笑著，好像這是多麼滑稽的事情，有多麼好笑。平時靜悄的弄堂喧嘩起來，靜悄的早晨的馬路，也喧嘩起來。都是她們踢踢沓沓的腳步聲，和嘩嘩啦啦的笑聲。行人們都駐步對她們側目，想：這就是女中的學生，多麼「癡」啊！她們才不在乎別人怎麼看呢！當她們糾結在一起的時候，就變得分外強大。她們跑在馬路上，隊伍老早不成形了，有的乾脆挽起胳膊，勾肩搭背的，拉拉扯扯進了學校所在的那個弄口。等到她們重新跑上操場，就是橫流遍地的形勢了，呼啦啦的，漫開一片。

富萍只得站起來，將木盆板凳拉到牆根下，自己也貼了牆站著。看那女生們呼啦啦從面前過去，驚得微微張開了嘴，直楞楞地看著。這樣多面孔，重疊著，從眼前一閃而過，沒有一張臉是清晰可辨的，都混在一起了。她們穿什麼衣服，也混在一起了。弄堂裏有幾扇窗戶推開了，不上班不上學的人伸出頭看女生們跑步。女生裏有幾個放肆的，竟然仰起臉朝上看，喊他們：喂！其餘的便大笑。她們沓沓地過完了，身後那扇籬笆門推上去，鎖好，邊緣用鐵絲絞住。前後其實不過半個小時，卻好像走過了千軍萬馬。此時，安靜了下來，只從校園的樓裏，傳出模模糊糊的讀書聲。弄堂的地上，留下幾個黑色的鐵絲髮卡，一截蜷曲著的紅色玻璃絲。

女中所在弄堂的弄口，是一個郵票市場，人跡混雜，有一半是閒人。郵票市場到了下午，交易最熱烈，下了學的女生們，只得從郵票販子中間擠出去。環境是有些污濁的。那條弄堂也很陰暗，高大的磚砌牆面，年代久遠，光照又少，生滿了綠苔。是老式的洋房。房頂很高，開間又大，走道，樓梯是大理石面，不吃音，說話走路就有回聲。住在裏面的人，多是舊式家庭，深居簡出，大人孩子的臉色都是蒼白的，而且身體孱弱。於是，女中的那一塊操場，就顯得日光明亮，朝氣蓬勃。女生們的瘋笑聲，多少驅散了些弄堂裏的陰霉氣。她們的小女人氣裏，有一股俗豔的顏色，在這條摩登的街上，顯得鄉氣了，可卻很新鮮，對這條陳腐的弄堂是最好的抵制。在她們身後那排暗沉沉的樓房裏，有著多少陰森的事情啊！到了夜晚，一盞公用的燈都沒有，各家的房門一關，門廳，走道，樓梯，就伸手不見五指。那時候，女中裏的人都走空了，校舍裏也黑了燈，但操場並不因此而黑暗。後邊橫弄裏的那排窗都對著它呢！前弄後窗裏也有幾扇亮著的，操場的頂頭，與校舍遙相面對的橫弄房子的山牆上，開了一些西窗，亮著，有人。這樣，站在操場上，至少三面是有光的，靜靜地亮著，傳遞出家居的溫暖氣息。操場的沙地上蒙了一層薄光，在這裏能看見星月呢！它顯得很溫柔，而且安謐。

每天，富萍到前弄人家來做工，把木盆拖出來，背對籬笆坐著洗東西，身後傳來一些窸窣的聲響。有時候，會有兩個女生背靠在籬笆的那邊，籬笆便輕輕地顫動。兩個女生靠在籬笆牆上，說著悄悄話，嘰嘰咕咕的，還一下一下，有節奏地撞著籬笆。籬笆很柔韌地彈在富萍的背上，富萍並不回頭去看，低頭搓洗著。等那籬笆不動了，平息了，嘰嘰咕咕的聲音也沒有了，她就感到一點寂寞。有一天，她聽見裏面有人在叫：姊姊！她不以為是在叫她，所以沒有理會。等那聲音連著叫了幾遍，她回過頭去，看見籬笆後面貼了一張臉，微微側著，一隻眼睛便從籬笆縫裏露了出來，又叫了一聲：姊姊！這下，富萍知道是在叫她了。她站起身來，對著那隻眼睛，沒有說話，只是詢問地看著。那眼睛就說：姊姊，幫我拾一下毽子好嗎？富萍四下裏一看，看見弄堂的地上果然站了一隻毽子。厚厚的氈布包了一個銅錢，中間縫進一根雞翅管，管裏插了三根蘆花雞毛。她走過去，彎腰拾起來，一抬手，扔過了籬笆牆。眼睛迅速從籬笆縫裏退去，一個轉身。富萍約略地看見了一個身影，一雙長長的辮子活潑地跳躍著。這一回，富萍對了籬笆縫看了一時，她看見沙坑邊幾個女生在踢毽子。也不怎麼踢，踢兩下，停下來說說話，踢兩下，停下來說說話。再遠些，有女生們在操場上走動，三五成夥的。是課間休息，上午十點鐘光景，太陽光鋪滿了整個操場，看上去分外明麗：在沙地的淡黃的底色上，女生們的身影就像開遍的鮮花。忽然，一陣鈴響，沙坑邊的女生抬起毽子就往樓那邊跑，場上的女生們也往那邊跑去。一眨眼，操場上乾乾淨淨，花兒全叫風吹跑了。

從此，富萍就很愛向籬笆裏看了。看女生們做操，跑步，瘋笑。她發現沙坑邊上，是女生們很愛來的地方。她們喜歡到這裏來，避開教學樓和人群遠遠的，在這個比較僻靜的角落說話，做些三、兩個人範圍內的遊戲。放學以後，也會有那麼幾個特別要好的女生來到這裏，將花布書包掛在雙槓的槓頭上，玩耍起來。別的女生大部分走淨了，操場中心偶爾還傳來一、兩下叫聲。就更顯得這裏安靜了。富萍一直沒弄明白，常來這裏的是不同的幾夥人呢？還是固定的幾個。她看不清她們的臉，還覺得她們彼此很相像：花衣服，長辮子，書包也是一樣的鑲荷葉邊，碎花布。到了這裏，她們的聲音就放低了，細細的，鳥語似的，抱頭接耳，像有著天大的秘密。有一回，她們正說得要緊，臉朝籬笆的那個卻發現了富萍，她正趴在籬笆縫上看她們。她對她的同伴使了個眼色，兩人立刻摟著肩膀走了，一邊走一邊還回頭向這邊看。以後，富萍就不好意思這樣直對著她們看了。但她還是注意著那裏的動靜。那裏的動靜有一股子生氣，解除了一些富萍的寂寞。

然後，有一天，富萍和她們竟然隔著籬笆牆搭上了話。下午，一夥女生，有七、八個，大約是一個小組，搬了板凳到這裏來開會。她們坐成一圈，說著閒話。東一句，西一句，漸漸沒有話說了，就對了籬笆，看在弄堂裏洗衣晾衣的富萍。富萍除去洗嬰兒的尿布，還洗產婦的衣服，被褥。當她們靜下來時，搓衣板上的揉搓聲，就變得響亮，而且清脆。肥皂水從衣服縫裏，一下一下擠出來，發出有力的「咕吱」的聲音。看著，看著，就對富萍發話了，喊她：喂！富萍知道是喊她，卻裝不知道，心想：我又不叫「喂」。裏邊就乾脆令她：過來！她沒有過去，但停下了手裏的活，身子轉向籬笆牆。你叫什麼名字？裏邊又問。這是一個大膽蠻橫的女生，背靠籬笆牆坐，扭著身子對富萍說話。富萍不回答，楞著。

事出意外，她不曉得如何應對才好。其他的女生七嘴八舌道：人家又不認識你，怎麼告訴你？蠻橫的那個就說：問問有什麼呢？繼續叫她「過來」。富萍這時也有些調皮了，她偏不過去，偏不回答，等她叫得緊了，反而起身逃開去。這一下，女生們都叫了起來：不許跑，不許跑，停下來！她們還都站起來，撲到籬笆上，推著籬笆，銳聲一片。富萍到底掌不住笑了，只得向她們走過去。

這天，她們和她，一裏一外地說了不少。大都是她們問，她答。問她從哪裏來；幫傭的這家有幾口人，做什麼工作；這條弄堂裏住些什麼人；那些小孩子在哪所學校讀書。還問她知不知道這條弄堂裏曾經出過事，一個小女孩被扔在垃圾箱裏。看起來，她們對這條弄堂挺留心的，聽來一些半真半假的傳說，問題特別多。反倒忘了再問富萍究竟叫什麼名字。可惜富萍大多回答不知道，她們卻也不顯得多麼失望。她們都是多嘴多舌的女孩，有人，又是生人，與她們說話，就很快活。富萍也很快活，在這個陌生的城市裏，陌生人中間，不是嗎？其實連奶奶都是陌生的，她的心是沉悶的。好在，她向來是在不那麼親密的人中間生活，早已經習慣了沉悶的心情。這一個下午，在她心裏灌注了活躍的空氣。後來，她再沒有遇到過這一群女生，可能遇到過，但她們卻不再有興趣和她搭話。籬笆那邊的女生兀自做著她們自己的，說著悄悄話。富萍則覺得她們都是曾與她搭話的那一夥裏面的，是她的老熟人。

一定是有人看見富萍與女中的學生搭話了，傳給了奶奶。奶奶就和她說，不要和女中的學生說話，那些女生瘋瘋癲癲的，還不規矩。於是，富萍才知道，弄堂裏傳著女中的流言。這些流言很不好聽，說女中的女生，專會大肚子。奶奶認識的，弄口小學校的校工，友明伯伯，就住在女中的那條弄堂裏。他原本是看弄堂的人，後來在小學校裏做了校工，但依然住弄口的過街樓上。他說出的關於女中的話，應該是可靠的。可是，誰又能說定呢？人們都對女中學生有成見。富萍聽奶奶說女中的壞話，心裏有些彆扭。奶奶到底是在上海住了多年，不大成體統了，竟和孫子媳婦說什麼大肚子小肚子的話。她不禁要想起呂鳳仙她們，在背後說奶奶的那些話。再看女中的學生，就覺得異樣了。她們躲在籬笆底下那些喊喊噥噥的私語，原來都是有含意的。富萍有些看不起她們。但是，聽到她們的動靜，她們嘰嘰嘎嘎的笑聲，她又心軟了。

富萍做的這家產婦不久就出了月子，不用她洗東西了。富萍閒了下來，企望呂鳳仙再替她找一份人家。但呂鳳仙那裏一直沒有動靜，倒是隔壁的阿娘向她介紹過一個帶小孩的人家，卻被奶奶回掉了，說富萍不會哄孩子。奶奶對富萍說，上海人家的小孩子都是金子打出來的，要有個閃失賠也賠不起。富萍嘴上不說，心裏說：我知道你怕我不走！做了這一個月的工，再閒下來，就覺出生活的單調乏味了。奶奶差她去買東西，她就要多耽擱一會兒。有時明明在附近就可買到的東西，她卻要走遠些，到一條街以外的店裏去買。這樣，她又認識了一些不同的街面和人臉。雖然只差了那麼一點路，但也有著區別。尤其是那些狹長彎曲的橫街，簡直連氣味都不一樣，人的臉相，衣著，舉止，就更不用說了。奶奶也發現她現在買東西的時間久了，有時會說一句。她總是不出聲，下一次，還去那麼久。有一回，她從外面回來，見奶奶和呂鳳仙，阿娘幾個人，在廚房裏頭碰頭地說話。一聽她進來，猝然將頭分開了。富萍曉得又是在說她。

過了幾日，揚州鄉下，富萍的婆婆來信了。信是寫給奶奶的，顯然是孫子代筆，語氣很謙恭，行文十分文雅。問候「母親大人」的身體，稱頌了「母親大人」的恩德，又談了年景，再就是提到富萍的事了。說前幾日，孫子又去過富萍的叔嬸家，看過年能否成婚，又讓富萍在上海置辦些衣物。話這麼說，卻並沒有寄錢來，明擺著就是向奶奶要東西的意思。也可見孫子性子的木訥和軟弱，母親怎麼指使，他就怎麼寫。要說他自己，還是有自尊心的。奶奶說了聲，這還用你婆婆說嗎？富萍說：誰是我婆婆？說罷轉身出了門。已是傍晚，初冬的天，又黑得早。富萍在街上走了一回，再進弄堂，天已黑透。家家的窗戶都亮了燈，在吃晚飯了。富萍並不覺得餓，還不想回奶奶那裏去，就從前一條橫弄去進去，到籬笆牆邊看一看。教學樓前亮了一盞燈，昏昏地照著近處的操場的沙地，這邊，籬笆底下，則隱在黑暗中。富萍背靠籬笆站著，抬頭看看，這城市逼仄的天空，給樓房劃成一塊塊的。四下靜得很，窗戶裏傳出些話音，甚至碗筷的碰響。這時，忽聽身後有聲音，像一聲抽噎。富萍回轉身去，從籬笆縫向裏看。暗中，恍惚有個身影，好像也覺出籬笆外面的動靜，屏住了聲息，不響了。鄰家的嬰兒卻啼哭了起來。一股悽楚森然降臨。富萍推了推籬笆，輕聲叫：喂！沒有回答。停了一下，一陣腳步窸窣響起，遠去。裏面的人跑了。

六 「女騙子」

奶奶東家的大孩子，是小學六年級的學生，虛齡十三歲，梳兩條長辮子。每天早晨吃早飯時，奶奶就站在她身後，替她編辮子。早飯吃完，辮子也編好，就背起書包上學去了。下午放學回家，總要帶幾個女同學來，一邊做作業，一邊嘰嘰喳喳地說話。經常跟來家裏的女同學中間，有一個比其他人都要年長，名叫陶雪萍。因為她留了兩次級，所以要比同年級的學生長兩歲，虛齡十五了。這一、兩歲的差異可不得了，是一道分界線。分界線這邊還是孩子，分界線那邊已是大人了，陶雪萍看上去就要比她們年長得多。個子高半頭，發育得又好，胸脯已經豐滿了。臉頰也很豐滿，膚色是象牙白的。不像其他那些人，都是黃而透明。她長了一雙大大的杏眼，眼距較寬，鼻尖略往上翹，嘴唇的顏色很鮮活。她應該說是好看的，但由於她有一種卑屈和軟弱的表情，情形就變了，變得不再好看了。她穿得很糟，每一件衣服都打著補釘。補釘打得很馬虎，顏色不對，針線又粗。她的鞋不是露著腳後跟，就是露著腳趾頭。書包呢，四個角是四個洞。一個大姑娘，這樣的邋遢和寒傖，實在有些觸目驚心。更叫人看不下去的，是她還和一班孩子玩著遊戲，玩又玩不上去，只是挨在一邊看，為人驅使。女孩子們玩麻將牌，四個麻將牌一個沙包。沙包扔上去，趕緊將桌上的麻將牌翻出規定的花樣，再接住沙包。沙包沒接住，落在地上，陶雪萍就趕緊俯下身去拾。造房子，鈕釦串，或者螺螄殼串，還是橄欖核串，踢出了界，也是她追趕著拾起，再交到主人的手中，臉上掛著諂媚的笑容。人家跳牛皮筋，她插不進一腳去，只有等牛皮筋斷了，中間套著的洋線軸滾了一地，她再去拾。能看出，別人都不愛搭理她。可這家的老大，是個馬虎的人，在家裏兇，出去個個都好。因此就被她沾上了。每天放學，她都跟了老大一起回來，等別人走了，她還不走。有時能捱到天黑。

她是跟了繼母生活。繼母自己有兩個孩子，後來又同她父親生了兩個孩子，她最大。她難免是要受忽略的，而她又不是一個有心氣的人，會自己努力，做出樣子，不叫人小視。她以乞求的方式，來引起別人的注意。她跟了老大來家裏，臉上掛著可憐兮兮的笑容，討好地望著她同學的妹妹，還有奶奶，甚至鄰居家的人。她的同學做完功課，將書包一推，就跑出去玩了。奶奶追上去，要她收拾好，她就對奶奶跳腳。這時候，陶雪萍便搶過去，幫她同學收好書包。她殷勤地幫奶奶擇菜，穿針，疊衣服。她看準了奶奶會喜歡聽她的悲慘故事，從這點看，她又是精明的。當奶奶問起她媽媽為什麼不替她做雙新鞋，她便告訴奶奶，她的媽媽不是親媽。沒有比後母虐待繼女的故事更能打動女性聽眾的心了，她果然喚起了奶奶的熱心腸。奶奶問她許多問題，還把她的身世轉告給鄰里的阿姨阿婆聽。這樣，當她的同學在院子裏玩耍時，陶雪萍就坐在一群女人中間，講述她的不幸生活，很快，女人們便流下了眼淚。

陶雪萍告訴她們，她的生身母親和她父親離婚後，住在南市的外婆家。她的父親不讓她和母親見面，所以也不讓她去看外婆，而她正是外婆從小帶大的。有時她偷偷跑到南市外婆家，舅舅又不讓她進門，說她自己要跟父親，就不要來找母親。這時她便訴苦道，這能怪她嗎？明明是她母親自己和她說的，跟爸爸，爸爸有工作，媽媽沒工作，養不活她。她從南市回來，爸爸就逼問她去了哪裏，還搜她的口袋，書包，搜出了十一路汽車票，曉得她去過南市了，不給她飯吃，還打她。她撩起前劉海，露出額上的烏青，說：這就是他打的。生身父親是這樣，後母就不用說了，光看她身上的補釘便可知道那一般冷漠無情。奶奶將陶雪萍的故事說給大的聽，好叫她受教育，不想她聽也不要聽，反警告奶奶不要上她的當，因為她是一個「女騙子」。

「女騙子」這個綽號，在她們班級上悄然流傳著，到底也不知道有什麼根據，可以這樣誹謗人家。孩子們的事情是說不清的，可能只是覺得她不那麼誠實，就很極端地定她為「騙子」。但也說不定真發生過什麼。她至少在三個年級裏待過，她的歷史誰會去認真追究呢？一些傳言多是藏頭避尾，閃爍其詞。然而印象卻已經有了，而且相當牢固。說真的，孩子們的直覺是有一些準頭的，在陶雪萍懦怯、討好的眼光底下，真的是有著一種狡黠。她可憐兮兮地看著你的眼睛，實是帶著觀察和搜索。再說她那麼大了，憑什麼老跟著她們這些小女生，替她們抬這拾那，就像一個僕人。她在班上沒什麼朋友，除了這家的老大，也是陶雪萍跟她。但至少，這個同學不像別的女生那樣不搭理她。就算是，這一個漸漸地，也有些對陶雪萍煩，可還有她家的人呢！奶奶，隔壁的阿娘，呂鳳仙阿姨。她們愛聽她的傷心故事，聽一遍不夠，還聽兩遍，三遍。自己知道了不算，還告訴給她們各自的熟人。

現在，陶雪萍在她同學家裏，總是待到很晚。她同學的父母都在四清工作隊，一個在工廠，每週回來一次，一個在郊區，一個月回來一次。平時只有奶奶、富萍和兩個小的。她們四個圍了桌子吃飯，陶雪萍就站在她們身後看，叫她一起來吃，她不願意，往後縮著。作罷了，她又慢慢近前來，還指導同學的妹妹吸螺螄：用筷子尖頂一下螺螄蓋，再使勁一吸，螺螄肉就出來了。砂鍋在墊子上放歪了，她就伸手正一正。甚至見人吃空了碗，要接過去添飯。連奶奶都不耐煩了，很直地對她說：我們吃飯了，你也回家吃飯吧！頭幾次，她回答說：不要緊，我們家吃飯晚得很。或者說：我不吃晚飯的。後來，她就應聲離去了。她到底不是像看上去的那樣顢頇，骨子裏還是體察人意的。她離開同學家，卻沒有回去，甚至都沒有離開這幢房子。她踅到了隔壁人家，倚門站著。隔壁的阿娘也是她的一名聽眾，這時正招呼兒子媳婦孫兒孫女，一大桌子人吃飯。這一家人口比較多，也比較鬧，好半天才發現門口倚了人。阿娘叫她進來，她倒反走開了，不理她，她就走回來，依然倚門站了，聽房間裏孩子互相鬥嘴，跟著一起笑。漸漸的，彼此都熟了，便門裏門外地搭起話來。阿娘再向兒子媳婦介紹了她的身世，於是，他們也認識了她，以後，見面就很客氣地與她打招呼。從形態上看，她實在已是個大人了。然而，次數多了，究竟不自在。吃飯時，門口站了個人看，說話也有人聽話。所以，有一次，陶雪萍再去時，發現阿娘家一反常規，關上了房門。門裏有孩子的喧鬧，大人的叱罵，和碗筷的叮噹。陶雪萍只能再去下一家。下一家，就出這幢房子了，在又一個號頭裏。這家吃飯是開兩桌，大人在房間裏吃，保姆帶了東家的小孩子在灶間裏吃。這就比較自在了，她坐在飯桌前的長板凳頭上，看，說話，把人家小孩子吃飯的規矩都弄壞了，一到吃飯就發人來瘋。就這樣，她一家家地過去，和人家混得很熟。到後來，人家都不太清楚，她最初是誰家的朋友了。

前面說過的，呂鳳仙有一個朋友，她老東家世交家中的保姆，叫阿菊阿姨。阿菊阿姨原籍也是蘇州，離呂鳳仙的家木瀆，有一段路，胥口鎮上的人。她結過婚，男人家裏沒有田地，與人合夥做生意。她在上海幫傭的錢，寄回去後，讓男人在運河渡口獨自開了一爿魚鋪。不想，男人和船上的一個女人搭上了，還生了兒子。開頭，阿菊阿姨裝不知道地混著。四九年以後，《婚姻法》公布了，政府不許納妾，她男人二者必擇其一，阿菊只好退出了。人家在胥口過著正經夫妻的日子，人家還有孩子，怎麼說也是他們是夫妻，她不過是個名分。阿菊阿姨怨恨得很。她不是像呂鳳仙那樣有剛性的人，要不，也不會不明不白混這幾年。她先是怨那搶她男人的女人，後又怨她忘恩負義的男人，再就怨自己的命。怨起來就掉眼淚，眼淚都流成了河。呂鳳仙看在同鄉面上，又是老東家世交家裏用的人，不免另眼看她。要換了別人，呂鳳仙才不理呢！她實在有些纏不清的。阿菊阿姨常到呂鳳仙這裏來，有時是晚上到她住處去，有時是白天到她幫傭的人家來，一來二去的，就也認識了陶雪萍。

陶雪萍的故事，引動了阿菊阿姨的傷心處。她流著眼淚，聽了一遍又一遍。尤其是陶雪萍的父親，不讓陶雪萍去見她母親的一節，因涉及了男人的無情，與她的遭際就有了相通的地方。她禁不住也要說起自己的往事。她們倆的故事，都講得夠多的了，即便是喜歡悲劇的奶奶阿婆們，也已經覺得了單調。所以，最後，就只是她們倆相對而訴。阿菊阿姨沒有注意陶雪萍其實還是個半大孩子，而陶雪萍則表現得格外善解。她專心地聽阿菊阿姨訴苦，為她嘆息，挽著她的胳膊，送她回家。漸漸地，陶雪萍不再來她同學家了，也不再來她同學家的弄堂了，人們也把她給忘了。可是，誰知道呢？她現在頻繁地進出於阿菊阿姨那裏，成了那裏的常客。

阿菊阿姨的東家住這條街西部的大樓公寓裏。平時，上班的上班，上學的上學，只有一個七十歲的老太在家，也挺冷清的。阿菊阿姨帶來這個小姑娘，那麼乖巧，順從，一味地奉承，自然很喜歡。開始，老太是到灶間裏聽這小姑娘說話，後來，就讓她進房間來。甚至，阿菊阿姨不在的時候，她上門來，老太也放她進去。但陶雪萍在這裏要收斂得多，她看出這裏的生活，要比她同學弄堂裏的規矩大，不那麼隨便和開放。她走在大理石的樓梯上，聽得見自己的腳步從高大的穹頂上碰回來的聲音，有一股森嚴的空氣籠罩了她。她從不在這裏待久待晚。有過一次，她略晚了些，老太的兒子回來了。戴一副金絲邊的眼鏡，身上雖然是人民裝，卻燙得筆挺。從她身邊過去，看都沒看她一眼。陶雪萍不由便瑟縮起來。看大樓的老頭，看她的眼光也是冷漠的，她不敢與他多話，曉得他不會愛聽她的悲慘故事。只有這家的老太對她熱切，雖然很多變。這一回與她說很多話，下一回卻像不認識她似的。但總的說來，還是對她有興趣的。

這個寂寞的老太，因為怕兒子，直到很長時間以後，才向兒子道出事情的真相。她告訴兒子，阿菊阿姨帶來的這個衣衫襤褸的小姑娘，先後至少向她借過

七、八次錢。數目不大，一塊，兩塊，最多三塊，可卻沒有歸還過一次。而且，這段日子，這小姑娘乾脆就沒露面。兒子聽了很惱火，倒不單是為了錢，是家裏竟然有一個不明不白的人進出著，這破壞了他們嚴謹的門風。他立即向阿菊阿姨追查陶雪萍的來歷，一查兩查，很容易就查到了她同學身上。這大的只是在家裏兇，在外何曾遇到過這樣的事情？把自己反鎖在小房間裏，哭得像淚人似的，怎麼都不肯帶阿菊阿姨去陶雪萍家討錢。無奈，還要奶奶出面。吃過晚飯，奶奶帶了阿菊阿姨，為了壯聲勢，也叫富萍跟著，一起去了陶雪萍的家。

陶雪萍家住這條街的橫馬路上，這條馬路要雜沓得多了。沿街是板壁房子，間著一些店鋪。菜場也是在這裏的，於是，滿街瀰散著一股菜葉的腐味和魚肉的腥臭。陶雪萍的同學都沒去過她家，僅是聽說她家住這條馬路上的街面房子，隔壁有一個大餅油條攤。她們首先找進大餅油條攤的左側門裏，樓底是一條狹窄的過道，沿牆放幾個煤球爐子，一架木扶梯，伸向樓上。她們摸了黑爬上樓，樓上更是一片漆黑，幾扇門都關著，也不知道裏面有沒有人。她們胡亂在左右的木板門上拍著，喊著陶雪萍的名字。沒有一個人來應她們，只得返身再魚貫而下，木扶梯在她們腳下發出破裂的聲音。出得門來，在街沿上站一會兒，定定神，再到大餅油條攤的右側去。那裏的一扇門倒是虛掩的，一推就開了。屋裏開了電燈，一個男人坐在燈下喝酒。在他身後床上，一個女人坐在被窩裏，抱了個嬰兒餵奶。這對男女漠然地看這三個人一併擠進門來，聽她們說是找陶雪萍，又接著聽她們訴說陶雪萍的劣跡。她們很沒趣地說完，停下來。屋裏很靜，只有嬰孩吸奶的咂嘴聲。自聽到「陶雪萍」這三個字，女人就垂下了頭，再沒抬起，頭髮遮擋了她的臉，又是坐在影地裏。她肩上披著一件棉襖，是那種混花的花色，顏色就暗暗的。男人始終沒有中斷喝酒和吃菜。奶奶掙著說了句：借債還錢，自古的道理。男人這才回了一句：我又沒叫你們借錢給她。你怎麼不講道理！奶奶火了，放大聲音。男人並不與她論理，埋頭吃飯。奶奶的膽氣壯了起來，她上前去，在桌子上拍了一下，說：你不還錢，我們不會放過你的。男人躲了躲，說：我沒有錢。奶奶就沒有遇到過這樣無賴又軟弱的男人，她再想吵，可卻看見頂上閣樓邊沿，伸出了一行小腦袋，暗中亮了一排眼睛，不覺手軟了。

最後，是奶奶跑到小學校裏，在課堂上，當場把陶雪萍捉了出來，逼她還錢。她當了老師和校長的面下保證，一定還錢。可是今天推明天，明天推後天，推到後來便不了了之。好在，阿菊阿姨的東家用意並不在她還不還錢，只是要告誡她從此不得再上門來，這樣也就算完了。但這事在奶奶這邊的弄堂裏引起的激動，卻久久不能平息，女人們談論了很長時間。陶雪萍在她們的談論中，變成一個險惡而且墮落的人。誰能想到呢？在她們規矩正派的生活裏，竟會出現這樣叵測的人和事。奶奶向人們描述她的家，父親，繼母，還有閣樓上的一行小弟妹。免不了添油加醋，可再添油加醋，又怎麼及得上當時在場的一半感受呢！那是觸目驚心的。不是窮，不是苦，而是潦倒，窮途末路。

陶雪萍的風波漸漸平息了，她不再跟她的同學上門。人們有時會問那大的：陶雪萍怎麼樣了？那大的很傲慢地說一聲不知道，便走過去了。倒是富萍有一回在街上看見她。她一手抱了那嬰孩，另一手拿了支棒冰。她將棒冰含在嘴裏，含得很深，以致只露出棒冰的一截棍。她就這麼含著棒冰，抬起一條腿，翻轉過嬰孩的身子，替他整理尿布，就像一個老練的母親。嬰孩的手一直向她臉上探著，撲打著，去搆那根棒冰。她則偏了頭，不讓他搆。後來，她終於從嘴裏抽出棒冰，送到嬰孩嘴邊，棒冰已明顯小去一圈。富萍是隔了馬路看這一幕的，她看見的不是陶雪萍，而是自己，牽著叔嬸家的一群堂弟妹。還有自己的將來，也是一群弟妹，只不過是李天華家的。所有的孩子都是一樣的令人生厭，眼淚，鼻涕，屎，尿，爭食，吵鬧，打架。

陶雪萍竟然還在她同學家出現了一次。這一次，她穿了一身簇新的、沒有領章帽徽的軍裝。因從來沒見她穿過完整的衣服，便覺得像換了一個人。一段日子不見，她又高大了一些，真是個大人了。她就好像沒有發生任何事情那樣，撲進門就吊住富萍的脖子，又搶了奶奶手裏的鍋幫了淘米。那大的和同學們伏在桌上正做作業，她過去拾了背上的辮子，解開頭繩，編緊了，再繫好。原來她是要去新疆農墾兵團，專門來向人們告別的。是因為穿了新衣服，還是前途有了出路，她神情顯得明朗許多。雖然也還是四下討好，但到底不是那麼卑下了。她告訴人們，明天早晨就要到北火車站上火車，路上要走七天七夜，除了發她現在身上的單軍衣，還發棉軍衣，軍大衣，襯裏的衛生衣，衛生褲。還有棉被，棉毯，水壺，飯盒，手電筒。每月發工資，一年長一次。新疆那地方，盛產哈密瓜，白蘭瓜，葡萄，隨便吃。她巧舌如簧地說著這些，把人們都聽迷了。在上海中心區的，這些保守的市民眼中，新疆是一個可怕的地方，是戍邊的兵士和充軍的罪犯所到之處。可此時此地，卻煥發出神奇的光芒，陶雪萍的生活從此而有了希望。

七 戚師傅

其實，富萍早就注意到了，房管處的戚師傅上門來修理房屋時，奶奶的神情就有了變化。

戚師傅是個身體壯實的中年人，剪著平頭，穿藏青卡其的工作服，長方的國字臉。他極少言笑，但面相卻又很和善，是個沉默的人。這幢房子裏壞了什麼，奶奶就直接找他，他也很上心，保證修得你滿意。並且，他還會主動找東西修。有一次來修抽水馬桶，他看見地上的馬賽克脫落了幾塊，就記住了。這種老房子的裝修材料，漸漸都不生產了。就說馬賽克吧，是一種六角形的，比較小，又比較厚，和後來使用的馬賽克規格完全不同。戚師傅就在別人家的舊房子上動腦筋。倘若有哪幢房子的浴室換地磚，他就將那敲下來的馬賽克留幾塊，到這裏來對。對了好幾次，都對不上，他也不灰心。後來是找了相近的幾塊，很耐心地用銼刀銼成同樣的大小形狀，終於補上了。那段日子裏，他一來到這裏，什麼也不說，就從口袋裏摸出幾塊馬賽克，蹲下身去對。對不上，也不說什麼，站起來，停一會兒，又走了。奶奶呢，則背朝著他，幹自己的事情，好像不曉得進來這樣一個人似的。等他走了，才轉過身子。

曾經有一回，廚房的地板壞了，戚師傅一連幾天來修地板。照例是，走進來，什麼都不說，將工具包扔在地上，伏下身去工作。近午時，又起來走了。下午，再來。奶奶也是照例背著身子，手不停腳不停地做事，可是話卻比以往多，聲調也高。人呢？活潑了許多。傍晚，收工的時候，戚師傅把工具收好，坐在小板凳上，點一支菸，慢慢地吸。奶奶就在跟前掃地上的木屑，爛釘子。這時，氣氛是鬆弛的，奶奶也安靜下來。戚師傅依然不說什麼，慢慢地吸菸。等吸完這支菸，他站起身，走了。奶奶擱下手裏的掃帚，返身也回了房間。斜陽從後弄裏穿進來，照了廚房的一角地，地上新補的木條，是本木的淺黃顏色，上面嵌著鐵灰色的圓釘。襯在發黑的舊地板中間，越顯得乾淨，新鮮，散發著木頭可喜的香味。

戚師傅是木匠出身。他們浦東鄉下，有許多學木匠的，學完了就到浦西上海來做工。戚師傅的父親，一個老木匠，先來到上海，而後再把他帶出來。帶他出來的時候，他還是個孩子，念了幾年書，手藝倒沒怎麼學，是跟了父親一邊做一邊看，看出來的。老木匠在外國人的公寓裏做工，除了木工，水暖電路，也要搭手做。他跟著，也看會了。這地方的手藝人就是如此，講的不是精，而是雜，什麼都要弄一點，什麼也就是那麼一點點，小毛小病。所以，別看戚師傅口訥，心其實很靈，比他父親還行，一眼便看出癥結，然後對症下藥。一九四九年以後，房產國有化，戚師傅就進了房管所做修理。此時，老木匠已經告老還鄉，大半生的積蓄在鄉下蓋起了兩層的房子，一堂紅木家具是他親手打起的。土改分的地都入了農業社，做得動就去隊裏做幾個工分，做不動，就在家裏歇歇。反正有兒子從上海寄工資來買口糧。二分自留地種了瓜菜果蔬，什麼時候吃什麼時候摘。買魚買肉的錢總是有的，喝老酒的錢也有。老木匠享起了晚福，只等著一件事，就是抱孫子。

戚師傅是獨子，二十歲家裏就給娶了親，正如俗語裏說的：浦東大娘子。浦東人，比戚師傅長四歲，婚後就跟戚師傅到了上海。這樣，老木匠才好放心回鄉下養老。在上海，戚師傅住八仙橋那裏。石庫門的房子，一間西廂房。本來是租二房東的，現在，只向房管所交房錢。因為會木匠，便把這間舊屋打整得十分整齊。地板，門，窗，全都修理過。朽掉的地方換了新木料，插銷，鉸鏈，合葉，鎖，也舊換新。因此，嚴絲密縫，橫平豎直。他女人又格外地要乾淨，窗上張了素花的窗簾，床上鋪了素色的床單。櫃子，桌子，凳子，地板，用鹼水擦洗得發白。牆是用摻了膠的石灰水刷的，白得晃眼。走進去，人會覺得，乾淨到了寡淨，有一股寒素之氣。再細看看，才明白這樣過於的清潔，還有一個原因。就是，這家沒有小孩子。他們結婚多年了，卻還沒有生養。頭幾年，還尋醫覓藥，又弄些偏方來吃，七、八年過去，就沒什麼想頭了。老木匠也死了心，在鄉下替他們抱了個兒子，說是替他們帶大了，再送到上海去。可上海的兩個人，回家去，看見那孩子，總歸不貼心，熱不起來。孩子也認他們生。看來是帶不過去了，所以，就在老木匠家裏過著。十三、四歲時，老木匠曾想教他學手藝，可到底不是自己的種，死不開竅，只得罷了。

好在，上海這地方，對子嗣看得不重，不生養不算多麼了不得的嚴重，就不覺得有太大的心理壓力。兩個人生活還比較寬裕，清閒。久了，就並不想孩子。

只是，戚師傅是一個寡言的人，生性內向，很不善交際，極少朋友。這樣的人，最需要家人了。無奈家人簡單得很，只一個女人。戚師傅和他女人，也算合得來，但不是熱切的那種，到底沒多少話可以說的，還是沒孩子，吵嘴都沒個由頭。所以，日子過得難免是沉悶的。戚師傅不像他父親，有些貪杯，他就沒什麼嗜好。比較起來，他還是對手藝有興趣些，除去上班，鄰里們有什麼活要他做，他隨叫隨到，都給做得很妥貼。因此，他雖然沒朋友，人緣卻是很好，都說他是個好人。只是這好人的日子，過得很淡。每天早上，他先去房管所報到，領報修單，然後挨家挨戶去做活。做到中午，回家吃飯，歪在床上睇十分鐘，再繼續一家一家去做，到晚收工回來。

現在，他的活計就更雜了。不像以前在公寓裏，多是修水管，電燈，門窗，電梯。現在，他做活的範圍廣了，人手不夠的時候，那些舊式的弄堂房子裏，天花板塌了，他要去糊，下水道堵了，他要去通。又有一片棚戶，也屬他們管轄，到夏天雨季，那就要上屋頂鋪瓦了。他從不挑活，派給他什麼就是什麼。不像有些人，只肯做自己的手藝。所下面的地段上，居民們都認識他，「戚師傅」、「戚師傅」的叫他。這時候，戚師傅感受到了一種熱切，眉宇之間流露出幾分欣悅。

逢到小孩子在大人引導下叫他，他便尷尬起來，手足無措的樣子，眼睛都不敢往他們臉上看，像是怕他們。他不曉得他其實是喜歡孩子的。

除去加急的活，要晚上加班。平時，都是白天。房主家多半只留個老太，或者保姆，奶媽，帶著小孩子。他不善言辭，總是一頭扎到做活的地方。問他事情壞在什麼關節上，好不好修理，今天能否做完，他只簡單地回答是和不是。於是，問的人也沒話說了，走了開去，留下他自己。等再回來，他已經做服貼了，將地方收拾乾淨，挪開的東西放回原位，然後起身走了。人們曉得了他的脾性，從此也就不與他搭訕，全交給他，沒什麼不放心的。自己呢，該做什麼做什麼，說話也不避著他，反正他是個沒嘴的葫蘆，一點不礙事的。他確實也不聽，聽也聽不進去。可是有一日，情形卻有些例外。他在一家的浴室裏裝浴盆的落水，浴室外是一個過道，通往後門。過道裏聚了幾個女人，喊喊噥噥地說話。忽然，有一聲抽噎傳進他的耳朵，他的心牽了一牽，不由豎起耳朵。聽見那抽噎的聲音在訴苦，訴她沒有兒子，受親戚欺的苦處。戚師傅自己的生活非常簡單，又很少留意別人怎麼過。所以，他其實是閱歷很淺的，無論大喜還是大悲，都了解甚少。這時候，聽那女人訴怨，不期然間，領略了人世的炎涼，是相當觸動的。他裝完落水，又放水檢驗下水的快慢，順便將浴盆抹洗了一遍，然後收好工具走了出去。走過那夥女人時，他的眼睛在裏面找了找，找到一雙哭腫的眼睛。這雙眼睛回望了他一下，眼梢細長的，嵌進眼角裏。半月以後，他又來到這幢房子，是三樓的踢腳板壞了。他從後弄走進去，後門左手是朝北的灶間，有一個女人背對著門站在桌邊切菜。菜刀急驟均勻地剁著砧板，清脆地響著。女人聽見有腳步聲，側過身望了望。這樣，他就看見了砧板上排得很齊的胡蘿蔔片。女人趁了轉身的空隙，順手撈了片胡蘿蔔送進嘴。她耳垂上的一雙金環子，隨了轉身的動作晃動著。胡蘿蔔鮮亮的橙紅色，金耳環的金，襯了女人頭髮的烏黑，黃白的帶點雙下巴的臉，身上又是件陰丹士林藍的褂子，這一片顏色，絢麗地進入了他的眼簾。他認出了這個女人。

方才說了，戚師傅的生活是簡單的。不能說他沒見識，但所見所聞都是與他無關的，他從來不深諳它們內部的含義。那一日，他窺到這個女人的生活，其實也很表面。但對戚師傅說，已經是相當深入了。他心裏湧出一股同情，因此而有些纏綿。這一回，他依然沒有同這女人搭話。後來，他還到這一個門牌號頭裏來過兩回，卻沒有碰到這個女人。聽鄰居們說，她帶東家的孩子看牙去了。這時，他變得注意聽別人的閒談了。他從那門裏出來時，心情竟有些失落。他看見過道裏，倚牆有一把小靠背椅，小孩子坐的那種。椅上放了針線筐，筐裏擱著一件縫了一半的衣料。藏藍的底上，一朵一朵小白花。衣料鬆鬆地團著，顯出布質的筋道，硬挺，和清爽。他無端地認為，這是那女人的東西。

事情發生得很突然，幾乎叫戚師傅猝不及防。禮拜天下午，戚師傅到弄堂口買香菸和火柴，聽見身後有人叫「戚師傅」，回頭一看，竟是那女人。她說：戚師傅原來住在這裏啊！他說：是啊，要不要進來坐坐呢？於是，那女人跟他進了弄堂。女人悠閒地看著兩旁的石庫門，門多是開或半開，露出淺顯的一方前庭，大好的太陽裏，有些飄動的衣影。女人告訴戚師傅，今天東家一家出門作客去了，她就出來找她的同鄉玩。她的同鄉就在八仙橋幫傭，和戚師傅你住得很近呢，女人說。不料，同鄉也出去了，說不定就是到她那裏去了。她說話的口音是摻雜了滬語的蘇北話。戚師傅並不能區別蘇北話和蘇北話的不同，只是覺得這女人的話要綿軟些，有些歌曲般的尾音。他雖然只是聽著，但應答卻比平時要活潑。女人跟了他從後門進去，走過天井。天井邊，沿牆的地方生了些綠苔，兩個並排的水斗的外壁上也生了綠苔。水泥平台上放了盆栽的花草，有一株月季，盛開著。太陽好，四周窗台上都鋪了被褥在曬。天井頂上，橫七豎八地晾著幾竹竿衣物。午後一、兩點鐘光景，一天井的太陽光。沒有人。弄堂外邊，馬路上的市聲，能聽見一些，卻隔了一層膜，變得柔和了。戚師傅把女人讓在前面，走上樓梯。樓梯比較陡，女人的腳就好像踩在戚師傅的頭上，他看見鞋底上的盤花針，還有鞋幫裏邊肉色的絲襪。走上一截樓梯，她站住了，詢問地回頭看戚師傅，意思是到他家了嗎？樓梯口很逼仄，戚師傅從她身邊擠過去，摸鑰匙開門。女人身上的氣味撲鼻而來：柔軟的，烘熱的，雪花膏的豔香裏邊，隱藏著的微酸的體味。他終於開了門，先讓女人進去，然後隨手帶上門，司伯靈鎖咔嗒碰上了。這一聲響將他驚了一下，身上忽地冒出汗來，他想都來不及想，就從身後抱住了女人。女人反轉身來，窗格子後面有一條陽光，正斜在女人的一隻眼睛上，眼睛周圍的皮膚顯得很肉。那一隻眼睛好像是一隻什麼動物的眼睛，飛快地眨了一下。

後來，女人還到戚師傅家來過。星期天，或者晚上，他女人到浦東去的日子。女人愛說：當你是好人呢！然後對了鏡子梳頭。那時候，女人還留了髻，頭髮長長的，抿了刨花水，緊緊地貼了頭皮。為了要更緊些，還在頭頂勒一條布帶，咬在嘴裏。將梳齊的長髮在腦後窩一個扁扁的髻，罩上髮網，叉幾柄鋼叉，再鬆下布條。戚師傅看這女人梳頭，心裏有股子悸動。女人扣衣服也令他矚目。是斜襟的布褂，長鈕，女人一隻胳膊抬著，另一隻胳膊伸到那邊的腋下，一粒一粒地扣下來。領口的那一粒是留最後扣的，她抬起兩隻手，將領口緊一緊，略顯費勁似地，扣上了。這樣，女人又變得端莊，整齊，規矩，而且素淨。戚師傅平淡的生活裏，終於嚐到了一點甜頭。可是，不久，這一點甜頭就變成了人生的酸楚。

這一日，女人來了，沒有往他跟前去，而是在他對面一張椅子上坐下，雙手交疊著，放在併攏的膝上，樣子很鄭重。然後告訴他，她有身孕了。他漸漸聽明白了這話的意思，開始還平靜著，接著就激動起來。他搓著手，在房間裏來回走著，因房間小，就老碰著東西，他也沒覺著。女人看著他，以為他是發愁，不料，卻見他在笑。笑容使他的臉多出幾道平時不見的紋路，就有些變形。女人等著他拿主意，等久了，不耐地拍一下桌子，他卻聽不見。女人賭氣說：我這就把小死鬼做掉去。不料戚師傅極敏捷地掉了個身，伸出手搖了搖，說：不要！不要什麼？女人逼問道。戚師傅又重新搓起手來。女人不曉得戚師傅的心思，看他連人都變得陌生了，一氣之下，站起身走出去，把樓梯踩得咚咚響。樓梯口的幾扇門都張開了一點縫，看著這個女人的背影下了樓去。

戚師傅的女人多少有點知道他兩人的事，鄰里們自然會透露出一些。所以，戚師傅告訴她，那個女人身上有了他孩子的時候，她是有所準備的。氣過了，哭過了，和男人鬧分床睡，又回了一次浦東娘家，最後就決定要這個孩子。總歸是一半的骨肉。做過決定，便平靜下來。本來也不是多麼卿卿我我，連柴米夫妻的那一點共患難，在他們也是缺的。所以，復回原狀就算不上什麼難事。現在，還有了一個孩子，在向他們招手，前途倒有了些光明。暗暗的，他女人甚至心存感激，感激有人替他們生養了。然後，戚師傅就去找那女人，告訴他的決定。他們夫妻商量好，接女人到浦東去生養，就說是一個遠親，又有何妨？生完了，留下孩子，各走東西，從此井水不犯河水。

戚師傅是借換鐵窗把手的由頭，上女人那裏去的。他挑了個下午一點鐘的時間去，鄰居們剛吃了飯，在歇午覺，小孩子又去上學了。這一回去，距離上回女人來他家，告訴身孕的事情，已有一個月的時間了。這一個月沒有見面，就好像隔了很長時間。他去的時候，女人端把小椅子，在房間前，花園的台階上，擦鋼精鍋。她從什麼地方討來半畚箕黃沙，將鍋擦得鋥亮。當頭的太陽下，沙子黃得特別鮮豔。女人的黑髮，藍衫，白襪，也特別鮮豔。戚師傅的心不由又動了一下，想起許多事情。這些事情其實發生才不久，可卻顯得相當隔膜。現在，他心裏揣著一件緊要的大事，要找女人商量。戚師傅不是一個懂人情世故的人，他並不十分了解，他們這決定會對這女人起什麼影響。所以，並不怎麼困難的，他就把計畫和盤托出。女人低了頭聽，手下著狠勁，在鍋面上擦出一道道雪亮的光。聽他說完，半天，女人笑道：你們倒是一條心啊！戚師傅不太曉得她的意思，但她的笑卻使他感覺到害怕。他不敢再多問，做完活就走了。

戚師傅要不來這一趟，告訴說這一番打算，她興許還下不了這個決心，畢竟肉是長在她身上。可戚師傅興興頭頭地來，興興頭頭地說他的如意算盤，這不免有些欺人了。當晚，她流著眼淚對呂鳳仙說：我自己沒兒子，倒給他們生兒子？我才不做這冤大頭呢！然後，她就向東家謊稱開盲腸炎，去醫院動了手術。呂鳳仙幫她做替工，送飯到醫院給她吃，還找了自己在徐家匯的一個遠親的家，讓她去養了兩天。此事只有呂鳳仙一人知道，可是世上沒有不透風的牆，呂鳳仙的嘴再緊，事情還是慢慢地洩漏出來了。

孩子打掉了，戚師傅變得更加沉默。有時候回浦東家中，看到父親替他領來的那個孩子，已經初中畢業，長成半個大人。這個孩子生得很俊秀，奇怪的是，也和他一樣寡言。他不肯學木匠，讀書也一般，就是喜歡養活物。養了一群鴿子，一籠兔子，貓和狗。夏季時，滿屋都是叫蟈蟈和金鈴子的叫聲。所以，這座上下兩層的房子，雖然人口不多，卻很熱鬧。早晨，戚師傅躺在床上，聽見那孩子蹬蹬地上到屋頂，打開鴿棚的門，招呼鴿子出來。那腳步和召喚都是活潑的。終於，有一日，他將這孩子帶去了上海。他只許孩子帶一對鴿子，還有一條狗。早晨，霧還沒散盡，通往輪渡碼頭的路上，走著一父一子兩個人。父親背一個大包裹，兒子背一個小包裹，懷裏抱一條黃狗，肩上站一對鴿子。

八 祖孫

一些日子以後，戚師傅和那女人都有些老了，過去的事情變淡了。偶有一次，戚師傅忽又動情，對女人說：我是想討你的，可是沒有辦法。女人一聽就動了氣，說：你討我？你討得起我！她打開床頭箱子上的鎖，揭開箱蓋，在箱底摸出一個小包，兜底往床上一倒。倒出金戒指，金頂針，金鎖片，兩個元寶，又摘下耳垂上一對金環子，扔在一起，說：你用什麼討我？她的上唇因譏諷的微笑更吊起了一些，顯得厲害，也顯得可憐。戚師傅走過去，想幫她戴上耳環，拙手拙腳的，掛住了頭髮。女人的頭髮已經鉸短了，順在耳後，稀薄了不少。正在這時，富萍走進來了。兩人都一尷尬，戚師傅放下金耳環，走了。

奶奶在床沿上坐下，慢慢將耳環戴上，看著這一小堆金燦燦的東西，對富萍說：你也過來看看。富萍不動，迎著窗戶外的亮，穿一根針。奶奶笑笑，又說：你過來看看，看看奶奶這麼多年，攢的東西。她不管富萍過來不過來，兀自地細說起這些金貨的成色，款式，價值。富萍漸漸轉過身來，雖然還是沒過去，可眼睛卻看著，耳朵也聽著。奶奶把東西一件件拾回袋子裏，接著說：奶奶是命苦，可總歸靠自己，連一根針，也是自己掙的。奶奶站起來，將東西收進箱子，再鎖上，一邊往下說：認了你那個女婿做孫子，是為了防老，可也不會讓你們白賠的，不相信，問你婆婆去，孫子身上，她花錢多，還是我花錢多？這話很扎耳，但因為是帶了一股豁出去的勁，兜底說出來的，富萍倒並沒覺著被傷著什麼。什麼「女婿」啦，「婆婆」啦，這些字眼，要放過去，她是聽不得的。可現在，奶奶的話裏有著更重要的意思，那些字眼就算不上什麼了。奶奶轉頭看看富萍，傻愣愣地站在窗戶前。看她來這麼些天，說是享福，卻並沒有胖一點，反而瘦了，話也不多，不曉得有多少心事呢！她嘆了一口氣，說道：孫子是個沒性子的人，他，不會欺你，可你也指望不了他，你也是個靠自己的人，我們祖孫二人，是一樣的命。這話可能是有些討好拉攏的用意，卻也不乏真心。這些日子下來，她看出富萍不可小視。

有了這一次交心，富萍和奶奶近了些。有時候，奶奶和她說起孫子，她也能聽著，不像以前，拔腳就走。奶奶還是很心疼孫子的，她回憶他小時候剪個瓦爿頭，夾個布袋子去上學的樣子。後來長大了，剪學生頭了，前面搭一綹劉海，眉眼又清秀，常被人認作女孩兒。過繼給奶奶的時候，孫子小學剛畢業，年年都是三好生，可是家裏窮，弟妹多，讀不起呀！那一日，孫子穿一雙露腳趾頭的鞋，站在奶奶跟前，一聲不吭。他媽推他給奶奶磕頭，說磕了頭，奶奶就供他讀中學。他不動，眼淚成串成串滴在面前地上。奶奶就這樣把他認下了。再下一次，奶奶回揚州鄉下，已經是兩年以後，孫子到碼頭來接奶奶。他個頭躥了些，更顯得單薄。還是不說話，低頭將奶奶的行李歸在一處，用根扁擔，挑起就走。奶奶跟在後面，看著他一扭一扭地挑了擔子走，還算有勁。到底是鄉下孩子，身子再嬌也拗不過命。奶奶自己的親女兒，對奶奶認孫子自然要不高興，說我可以養你老。奶奶說：你還有婆婆呢！認了孫子後，女兒時常來說她大伯哥大伯嫂的壞話。說他們怎麼樣算計著向奶奶要錢，要東西；蓋房子時，又怎麼奢侈，不節省，不曉得心疼錢；還和外人說，是看奶奶沒兒子，可憐，才給她孫子的。話到奶奶的耳朵裏，總會有反應，雖然不會直接去和兒子媳婦對嘴，可話不是最怕傳嗎？一傳兩傳的，就要傳出些是非。但無論何種是非，都沒有孫子的事，都礙不著孫子一點。連奶奶的女兒都不說孫子一個「不」字。孫子是個好孩子。富萍靜靜地聽著，眼面前漸漸有了孫子的形象和動靜。她是沒怎麼見過孫子的，低垂的眼睛裏，只有一雙併得攏攏的腳，白襪黑布鞋。她也沒怎麼聽過他的聲音，那日他來送去上海的盤纏，和她嬸娘說了幾句，只有零碎的字音飄進耳朵。他們的鄉音本來就是細柔的，他的更細柔一些，有些像唱戲。

從小生活在不是至親的人中間，富萍對人一貫保持審慎的態度，所以，她是會識人的。她只一搭眼，便知道這是一個乖順的人。現在，這個乖順的人在奶奶的描述中，變得清晰起來。他牽了父母，弟妹，一大群親戚和一大堆是非，站在富萍面前。富萍最曉得親戚是怎麼回事了，親戚就是一大堆麻煩。所以，富萍看到了一個十分麻煩的將來。這時候，孫子的乖順又成了一個缺點，這使他綿纏在這堆麻煩裏，脫不了身。孫子的溫柔也成了缺點，當斷不能夠斷。富萍就有些對孫子生恨。這期間，孫子給奶奶來過一封信，找東家的那個大的念過後，奶奶就和富萍說：這信是寫給你的。信上一句沒提富萍的名字，句句都是問候奶奶。問上海的天氣如何，有沒有流行性疾病，飲食怎樣？倘需要什麼家鄉的土產，他給奶奶寄，倘若過不習慣，就回來。奶奶的房間一直都收拾著，乾乾淨淨，院子裏，他栽了幾棵向日葵，大花盤正在奶奶的窗戶邊，打上了一些花影。家裏餵的小雞長大了，生了蛋，母親把新雞蛋都留著，給奶奶吃。鴨子也很好，每天拾一籃鴨蛋，豬呢？長膘了，等奶奶回來，可以殺了吃肉……奶奶說：他明明知道我不會回去，還不都是等富萍你回去？這是一封情意綿綿的信，寫得很優美。富萍不由也被打動了，對孫子的恨意化作了一股憐惜之心。

到底，奶奶向富萍提起了回去的事情。此時，已到了陽曆年底，奶奶的意思是，富萍應當回揚州過年。奶奶說：不是奶奶不留你住，哪有人過年還出門在外？像我，奶奶說，現在還做得動，就算是東家家裏的一個人，你卻不能學我。富萍低頭不語，奶奶又試探著說：我曉得你也不喜歡你叔叔嬸娘那個家，春節和孫子辦了事，也好，你婆婆信上都提過兩回了！富萍紅了臉，奶奶以為她是害羞，哪知道她陡地生了氣，心裏說：沒有家回也不去你孫子家。奶奶按著自己的思路往下說：富萍，你要什麼和奶奶說，奶奶送你。富萍說：不要。奶奶這才覺出富萍有些帶氣。這晚上，祖孫倆睡在床上，想著心事。兩個小的睡熟了，安靜得很，就聽見鐘的走秒聲，滴答，滴答。日子一天一天過去，兩人心裏都犯愁，眼看就要到舊曆年，人是回去還是不回去？

上海的街頭，即便是這鬧市的中心，到了這季節也蕭瑟了許多。寒流來了，行道樹一批一批地落著葉子，飄下來綠的，轉眼間便黃了，踩上去，「枯滋枯滋」響。像東家家那兩個小的，專愛揀枯黃的樹葉踩，踩響一個就高興地跳起來。街頭在這歡喜的叫聲中逐漸荒涼下去。陽光變得蒼白，慘淡。行人少了，要是有，也是在匆匆地趕路。商店，依然開門，生意卻清淡了一些。店員們袖著手，怕冷地輕輕跺腳，在櫃台裏走來走去。富萍最愛的布店，布匹的顏色似也暗淡了一些，多是做冬裝的灰、藍、黑，質地厚重的呢料。富萍替奶奶買東西，從街上走過，感受到這寥落的氣氛，也覺得是到回去的時候了。她怎麼辦呢？可能是她多心，她感覺東家的師母對她，也不像以前那麼熱情。近來，師母回到原先的機關工作，每天回家，在一張桌上吃飯。吃飯時，師母不如以前那樣關照她。富萍知道，這裏不是久留之地。

看起來，奶奶這邊開始著手準備富萍回去了。她給富萍買了一件紅綢棉襖，中式裝袖，是上海新近流行的樣式。奶奶讓富萍試穿，富萍不肯，讓奶奶放著。奶奶給富萍剪了一段銀灰舍味呢，要帶她去做一條西式褲，富萍不去，說等等再說。奶奶又給富萍買了綢被面，枕套，羊毛毯，富萍看都不看一眼。奶奶無奈，流下了眼淚，說：富萍，你是嫌棄孫子了嗎？富萍性子硬，就見不得別人軟，又是長兩輩的奶奶，帶著哀告。她說：不是。奶奶就說：那你為什麼不喜歡奶奶給你的東西？富萍說：我還小。說出這話，她覺得自己的眼淚也要流下來了。奶奶止了眼淚，嘆一口氣，換了冷靜的口氣：你還是有些嫌孫子，嫌孫子弟妹多，拖累大，說是進門當家，這又不是個什麼好家，是個破家，當還不如不當。你還嫌孫子太老實，太聽話，是個孝子，只怕要向著公婆多幾分。富萍聽得不由呆了，想奶奶看得真清楚。其實，誰又看不清楚呢？明擺著的事情。她以為自己的心思有多深，不過是三言兩語便挑明了的。奶奶最後說道：我是為孫子抱屈，他是叫他這個家埋沒了，單憑他的人品，就不定非找你富萍了。這又是一句挑明的事實，富萍當然不會不懂，可由奶奶直接說出來，到底受不了。她包了一眶眼淚，說：當初又不是我找你們！

富萍和奶奶生了隙。她還感覺到呂鳳仙看她的眼光裏，有著「配不上孫子」的意思。另外，東家的那個大的，有一日突然和奶奶說：你們害了孫子。兩個小的也跟著奶奶，叫「孫子」、「孫子」的。大的說：孫子的前途叫你們斷送了。

富萍也把這話聽進去了。隔壁的那些阿婆阿姨們，帶了更加嚴厲的表情審視富萍。富萍感覺到了自己的孤立，她曉得人們其實是看不起她的。她有時天黑以後，走到前弄堂，女中的籬笆牆面前。天冷了，操場上很少人，女生們愛來的角落裏也沒了人，靜悄悄的。她沒有聽到任何聲息，便又折了回來。她走到弄口，站了一會，選擇一個方向，走了去。商店大多已經打烊，櫥窗裏的日光燈還亮著，慘白地照著面前的地磚。倒有一些小店，還開張，一盞四十支光的電燈，垂掛著，有著些溫暖的人氣。她沿了馬路走去，無意中拐過街角，馬路變得窄小，而且昏暗。走著走著，她想起來，她曾經來過這條馬路，是去陶雪萍家。陶雪萍去了新疆。現在，這個城市裏，她一個熟人也沒有了。她正走著，身邊小弄口裏忽地竄出一個人，叫她道：阿妹，停一停！她一驚，那人已經來到跟前，覥著一張臉。看上去，很年輕，卻相當油滑，一口白牙在暗光下閃爍。她繞過去，加快腳步。那人並不追逐，只是很遺憾地在身後叫：阿妹不要怕嘛！富萍怎能不怕？她索索地抖著，走出這條陰晦的小馬路，走上略微明亮的大街，往回走去。她喘息未定地進了後門，廚房裏聚了大人小孩，聽奶奶講鬼故事。奶奶腳邊放了一籃洗淨的豇豆，正用針和線將豇豆穿起來，曬乾了好煮紅燒肉。穿好的豇豆一圈圈盤在扁筐裏。小孩子們搶著幫奶奶遞豇豆，一邊被奶奶的描述嚇得驚呼。沒有人注意富萍進來，更沒人注意她驚怵的臉色。富萍走進房間，東家師母在小房間裏，大房間黑著。她沒開燈，其實也不頂黑，有微明的光照進來，照著地板上的木紋。富萍坐在床沿上，心跳得很快，氣喘得又快又急，久久平息不了。最後，她想：你們要我走，我偏不走！

奶奶不是個有城府的人，心裏的不高興掛在了臉上。富萍呢，更是性子硬的人，奶奶不和她說話，她也不會找話和奶奶說。奶奶不派給她活做，她也不會自己去要求做點什麼。於是，她成日不說話，也沒事做。因有了上回受驚嚇的經歷，她也不敢隨便到馬路上走去了。她坐在小板凳上，本來就生得木，這樣不說話，不做事，更變呆了。小孩子就在她跟前玩那種遊戲，一群孩子一邊跳一邊唱：我們都是木頭人，不許說話不許動。唱到「動」這個字，便煞住動作，千奇百怪地定在那裏。小孩子都是牆倒眾人推的「眾人」的角色，見誰倒楣，就跟著起鬨。有的孩子還將最後那個「不許動」的動作，定格在富萍的臉面前。而她一點不躲閃，好像看不見。尤其是東家家裏的一大一小，看出奶奶在冷落她，吃飯時，就熱烈地與奶奶攀談，瘋笑，襯托出富萍的寂寞。奶奶嘴上與她們搭訕，卻是心不在焉，不時從眼角偷看富萍。富萍低了頭划飯，把飯划成半堵牆似的陡，還一逕地往裏掏。奶奶終於忍不住，搛過去一筷菜，斥道：作興這麼划飯嗎？掏空米囤子！要換個人，就能聽出奶奶和解的意思了，可富萍的性子，給她個台階也不下的。所以，就不回答，頭都不抬，依舊划飯。

奶奶逐漸變得抑鬱起來，時常流著眼淚，而且易怒得很，和兩個小的逗嘴，也會認真動氣。呂鳳仙勸她，她就說：我對不起孫子，孫子要怪我了。富萍聽不得這話，一聽就要跑出去，顧不得馬路上的險惡。她氣鼓鼓地走在馬路上，心裏說：光天化日的，不相信有誰能吃我！那一回可怕的遭遇，隔開了些時間，變得不那麼真實了。再講真是光天化日的，能有什麼呢？富萍倒因為那一次的經驗，變得膽壯了。於是，她開始往外跑了。早上跑出去，中午，甚至傍晚才回來。誰也不知道她去了什麼地方，做些什麼。最晚的一次，她回來時，家家都已經吃過晚飯了。奶奶等她進門，就流著眼淚說：富萍，我真不敢留你了，你還是家去吧！富萍不回答，但奶奶的憂傷還是叫她心軟了。她走過去，接過奶奶手裏洗著的碗，低頭洗了起來。奶奶乾脆就雙手掩面，大聲地抽泣起來。憋了一時，富萍齉著鼻子說了聲：我家去。奶奶的抽泣慢慢低下去，最後停止了。

接下來的日子相安無事，富萍看起來是收心了。她看過奶奶替她買的東西，一件一件收好。又讓奶奶陪著，去裁縫鋪做了料子西褲。回來，經過那家布店，奶奶帶她走進去，叫她挑自己喜愛的花布。富萍的目光流連在那一匹匹的花布上，神情變得有些悵然。她挑了許久，才挑定了兩段。看那店員從貨架上拖出來，捧在櫃台上，抻著手臂扯布，布疋在台面上「啪啪」地翻著身。然後，剪刀剪開，「嗤啦」地扯開，算盤珠子便清脆地響起了。錢款和票據夾在鐵絲上，「刷，刷」地來回一趟，買賣做成了。奶奶又剪了兩雙鞋面布，吩咐富萍給孫子做兩雙鞋。富萍竟也沒有回絕。祖孫倆拿著新買的東西，慢慢往家走。街面上比前陣子倒活躍了些，性子急的人開始辦年貨了。熏臘店掛出了火腿，臘肉，鹹蹄膀，炒貨乾貨也上了櫃。大人帶了小孩買新年穿的鞋襪。棉花店的生意熱起來了，多是年裏辦事的新人在添置被褥。樹葉子落盡了，天空顯得開闊了一些，也清澈了許多。電車的電線從天空中拉過去，有一股疏朗和流暢的節奏。沿街的住戶，有幾家爬在窗台上擦玻璃窗，下午的太陽光打在玻璃窗上，窗又一搖一搖的，光便一閃一閃，有幾下閃得特別耀眼。奶奶囑咐富萍，回去後，和她婆婆說，鄉下有人來，帶一個豬腿，兩隻母雞，東家師母早已經說過了。富萍便應著。

走的日子定下了，奶奶託那大的給鄉下寫了信，讓孫子到時候去碼頭接人。鄰里間曉得富萍要回去成親了，都來送過東西。數呂鳳仙的禮最重，兩磅駝色的粗毛線，是給孫子的，一磅半粉紅色中粗毛線，給富萍。師母送的是一對枕頭套，其實是把錢交給奶奶，讓奶奶做主買的。大約還有十天的時間，富萍也不出去了，就給孫子做鞋。長長的納底線，嗤啦嗤啦從針眼裏穿過，穿過，富萍的一生基本就這麼定了局。

九 舅媽

這天下午，那大的放學回家，不像平日那般話多，一摸額頭，原來發熱了。奶奶就要帶她去看病，讓小的也去，卻不肯。前面不是說過嗎？小的正是樣樣作對的年齡。只好把她放在家裏，好在有富萍。奶奶囑咐富萍五點鐘時，把飯先燒上，菜揀好洗好，不要讓小的到外面去瘋。等看過病，拿過藥，回到家裏，已是五點半。菜沒洗，飯沒燒，富萍也不看見了。小的倒很乖，一個人守著家，將八百年前的珠子搜羅出來，靜靜地穿著。問她富萍到哪裏去了，小的回答，叫她舅媽領走了。奶奶心一沉，氣都喘不勻了，說：舅媽？富萍哪裏有舅媽，從沒聽說起過嘛！小的很沉著，說是一個大塊頭女人，講蘇北話，富萍叫她舅媽，舅媽說帶富萍去玩幾天再送回來。奶奶再問多少天回來呢？小的就白奶奶一眼：不是說幾天就回來嗎？奶奶轉身去看富萍的東西，東西都在，給孫子納了一半的底也摺在針線笸裏。心裏稍定了點，才去趕著燒晚飯。

這頓飯，奶奶完全亂了手腳。飯是夾生的，切菜切了手指頭，湯裏沒放鹽。向來不計較的師母也說話了，問奶奶怎麼了。奶奶就推說帶大的看病，回來遲了，才慌了。過了一時，還是忍不住，將富萍跟舅媽走了的事說給了師母聽。師母沉吟了一會，說：孩子是老實孩子，就是不曉得這個舅媽的來歷。可師母到底是從軍隊裏出來的人，看事情比較簡單，也習慣從好的方面去看，很快就釋然了，說：也許富萍真有一個舅媽，帶她去玩幾天，並沒什麼的。奶奶心裏就又定了些。然而，事情到了呂鳳仙那裏，便陡地嚴重起來。她的長眉跳動著，表情變得緊張，說：從什麼地方冒出來個舅媽呢？

舅媽，其實是有的，還是富萍的親舅媽。她舅舅從小跟了船上的大伯，到了上海。舅媽也是船上人家，做的同是運送垃圾的營生。後來，就歸進了政府的環衛局。現在，他們在岸上落了腳，住在閘北，東火車站那一帶。富萍不記得是否看見過舅舅，但有時會聽叔叔嬸娘說起，有這麼個舅舅，名叫孫達亮，住上海閘北，搖垃圾船。當她和嬸嬸嘔氣，嬸嬸會說：不歡喜在這裏過，到上海去找你舅舅啊！富萍母親去世時，舅舅從上海回來，替姊姊送葬。辦過事後，親戚們就要安置富萍。其時，她父親早三年走了，她這個孤兒，有兩個去處，一是舅舅家，二是叔叔家。舅舅以上海不好進戶口推諉了，富萍便到了叔叔嬸娘家。因為時常聽人們這麼說起，所以，富萍對這個舅舅，便懷了相當疏遠的心情。多少年來，舅舅可能是怕負責任，乾脆絕了來往，連封信都沒有的。其實，富萍也早把這個舅舅忘記了。可是，住在奶奶這裏，後來的那些苦悶的日子，卻逼著富萍想起了這個舅舅。

當她一個人，豁出去地，在馬路上走著，滿目都是陌生人，不勝悽楚地想：這麼大個上海就沒有一個可以投奔的人和地方。這樣，她心裏便跳進一個人來，舅舅！開始，她並沒有下太大的決心去找舅舅，只是，反正沒有地方去，一樣在馬路上走，何不就朝了火車站的方向走去？她記得來上海時，下火車後搭的那路無軌電車，現在，她就從路電車的車站出發，沿了電線走。她並不是沒有坐車的錢。孫子送來的盤纏裏，供她零花的費用，她沒動，收著。替月子婆洗小毛頭尿布的工錢，她也收著。平時，奶奶兩角三角給她的錢，她都收著，沒有動一點。她沒有搭車是因為她想走。她一點不知道，前邊有什麼在等著她，這樣走著呢，心裏卻滋生出一些朦朧的希望。頭兩天，她走了兩、三站路就折回頭了，不敢再往下走。漸漸地，由於對路線的逐步熟悉，她膽子大了，就越走越遠。她往往錯過吃飯的時間，甚至天都暗了，她才返回去。這時候，弄堂裏已經空無一人。富萍想到明天還要繼續去火車站，便振奮起來。

有一天，她已經走到了火車站，但是卻不是東火車站，而是北火車站。人家告訴她，東站還遠，沿了鐵路再向東去。於是，第二天，她再從頭來起。終於，她來到了東站。站在旱橋上，望著橋下那一大片棚戶，她茫然地想：這裏真有個舅舅嗎？火車的汽笛聲，在陡然開闊了的天空中迴盪，有騰騰的白煙，湧起，又漫開，過去。是因為走熟了的緣故，走到閘北的時間比她預計的要早，大約是中午十二點的光景。這一片棚戶的上方，繁繞著絲絲縷縷的炊煙，散著股柴火和煤炭味。太陽暖烘烘的，曬得她背上發燙，加上走路走急了，她出了汗。這就是人們說的，閘北，東火車站，旱橋底下，舅舅住的地方。可是，這片棚戶那麼大，而且密密匝匝，找一個人，簡直是大海撈針。她看見底下，屋簷之間的狹縫裏，有個女人在晾曬洗好的衣服，然後，走進去，不見了。眼面前，盡是屋頂的黑瓦，間有一些水泥的平台，凸出在黑瓦之上。黑瓦，一直連綿到天邊。

然而，這一大片棚戶，就像一張大網，它們互相聯繫。富萍問了第一個人，有沒有一個叫孫達亮的男人。第一個人雖然不認識孫達亮，但他很負責地將她引薦給了第二個人。第二個人又將她引薦給第三個人。他們很有信心地將富萍這樣接力棒似地傳著，相信她一定能傳到地方。富萍身不由己地被傳給一個又一個人，有的是一個老人，有的是一個婦女。他們都說著富萍耳熟的鄉音，富萍甚至能辨別，是在她們家東邊的那個縣份，還是西邊那個縣份。他們不像奶奶那樣，帶了上海腔的。富萍跟了帶她的人，從狹窄的巷道裏穿過去。有的敞開的門裏，正在吃飯，一眼看見有陌生人來，便端了飯碗走出來問：找誰家的？帶富萍的人告訴說找誰家，他們便一同歪了頭想，想，然後提議說問誰誰誰去。於是，便一起去找那個誰誰誰。這些房屋大都是磚砌的牆，有的還用竹籬笆圍個巴掌大的院子，種些瓜豆，藤攀上來，掛在籬笆上，就有一股草木和磚瓦的氣息。又叫爽利的陽光一曬，更加蓬勃。地是泥地，有時會有一段磚鋪的甬道，或者一方水泥地坪，中間立著一桿自來水龍頭。富萍漸漸走進了這片棚戶的腹地，她已經記不清被傳到第幾個人了，她甚至還在其中一個人家中吃了一碗青菜爛麵。最終，人們將她引到了孫達亮的家。其時，已是下午兩點多鐘，放早學的孩子呼嘯著穿了過來。太陽略斜一些，光也柔和了。

舅舅不在家，面前這個女人大約就是舅媽了。胖胖的，大臉盤，大眼睛，短鼻樑，闊嘴，那種歡眉喜眼的樣子。她和舅舅在一條垃圾船上做，今天休息，洗了一院子的衣服被單。做垃圾船是個腌臢生活，他們就養成特別愛清潔的習慣。見過他們的船嗎？那才叫纖塵不染。紅漆的床，櫃，地板，板壁牆，每天都刷洗一遍。後艙裏是垃圾，用帆布遮住，邊和角都拉嚴實了，繫牢，不漏一絲縫。那氣味，還是很重，蒼蠅成群結團地隨了船走。可是，前艙和甲板上，卻乾淨極了。矮桌子，小板凳，直接在河裏刷過的，手腳也是隨時洗，不穿鞋，赤了腳，在艙裏艙外走來走去。要是回家，那更要大洗特洗，大曬特曬。岸上的人都嫌船上的人，說他們吃蒼蠅下飯，其實船上的人最乾淨了，最容不得腌臢。

舅媽原先也是船上人家，後來嫁給舅舅，就到了舅舅船上。這是垃圾船上人家最通常的婚姻。別人家的女兒一般不願意嫁垃圾船上的人，就像方才說的，有偏見，說人家是吃蒼蠅下飯。也有嫁過來的，嫁過來，就跟了在船上做。運一船垃圾到江蘇地界的垃圾點，來回兩三天，夫婦倆做一條船，最方便合適。垃圾船上的女孩兒呢，至少有一半倒是不情願往外嫁的，不甘心看人家眼色，總歸好像高攀了似的。再則，她們也過慣了船上的生活。船沿了蘇州河，一開出去，心裏就開闊了。三四月份，兩岸的油菜花都開了，亮閃閃的，粉蝶飛舞著。幾場春雨下過，水變得清澈了，倒映著船身。到了中午，或者傍晚，船靠岸停下，生火點炊，燒飯吃。蒼蠅是有的，而且很不少，但不見得是下飯吃。靠岸燒飯的，多是固定的幾處地方，就有相熟的農人，過來招呼。向他們拿託買的上海的東西，又送幾棵新割下的瓜菜到船上。這生活很有趣，也自由，船上長大的孩子，一般都喜歡，反覺得工廠裏流水線上三班倒，不可忍受。所以，女孩子也就不大反對嫁船上人家。他們都是蘇北籍貫，也不都是，有那麼幾個不是的，也跟著說蘇北鄉音。走進他們的住宅區，就好像走進一個村莊。他們比村莊還抱團，還心齊，一家有事，百家幫忙。在這裏是這樣，走再遠還是這樣，他們的鄉音就又是一個標誌，標誌他們來自於同一個部落。聯姻，又使他們的聯繫更加緊密和穩固。

舅媽抻著竹竿上的床單，大聲和來人說話，問身後跟著的是誰家的女孩子。不等回答，返身引他們進了屋子。舅舅家的屋子是兩間頭的磚房，外間的中腰裏又攔了一半，搭起個閣樓。閣樓上開一扇窗，就變二層的了。門和窗的朝向不甚明確，像是朝東，又往南擠過來一些。這裏的房子全是這樣擠挨著，見縫插針。

有歪著的，有斜著的，但整體上看，還是整齊的，以巷道劃出經緯。舅舅家也很乾淨，雖然並沒有一件整齊的家具。床是沒有床架的，床板在長凳，或者磚垛上架起來。櫃子是用裝貨的木條箱做成的。只有一張桌子是正經木料打成，上了紅漆，擦得鋥亮。桌上放一把帶提耳的粗瓷茶壺，上面畫了老壽星拄了龍頭拐，身邊兩個童子捧了蟠桃。舅媽提起茶壺，倒了茶，將茶碗推到來客跟前。推給富萍時，注意地看了看，說：這女孩子長得很富態哦。來人就笑：因為孫達亮富態嘛！舅媽說：你瞎七搭八，扯什麼呢？那人說：我不瞎扯，不是說，三代不出舅家門嗎？她舅舅富態，她不富態？舅媽這就「呀」了一聲，眼睛再一次看住了富萍。

她想起了，孫達亮，果然是有一個外甥女兒，在揚州鄉下，從小死了爹媽，曾經還要叫他家養的。可那時他家也負擔重，孫達亮鄉下的大伯媽和大堂哥，要他們養。自己娘家父母都有病，要貼補些。他們又剛有了老大，吊著奶頭。一條舊船，從他大伯手裏傳給孫達亮，破得快不能走了，沒有錢大修，天天就都要小補。那時他們船工還沒有成立合作社，修船全要靠自己。怎麼敢再額外添人口呢？於是，就聽說那女孩子叫她鄉下的叔叔嬸娘養了。多年來，他們和鄉下也沒有聯繫，不曾想，這孩子長成個大人，來到面前。她看著這外甥女兒，心裏倒有幾分喜歡。舅媽是個直心眼兒的人，不大會多加聯想，所以，她並不因為多年前，曾經將外甥女兒拒之門外，這時而有半點尷尬。她將茶壺往桌上一頓，說：今晚你和我睡一床。然後就坐下來，問富萍鄉裏的情形，還有一些遠親的情形。那引富萍來的人，也跟著一起問，一起聽。又有新的人進來，因鄰里們都知道這家來親戚了，就過來看。雖然不是同一個故里，可凡是鄉下來的消息，他們都關心，這使他們感到親切。富萍被人圍著，回答著各方面提來的問題。她再是個口訥的人，也經不住這樣七嘴八舌逼緊著問，這一刻說的話比來上海幾個月加起來的還多。富萍不由也活潑起來，有一句，答一句。直到問到她有沒有說親這句話時，她才默了一下，然後說，要回奶奶那裏去了。舅媽再三留不住，只得讓她回去。

舅媽送富萍到汽車站，一路沒大說話。方才有人問的，「說沒說親」這一句，觸動了富萍，也觸動了舅媽。

天已經晚了，街上站了一片片的人，是下班等車回家的。天寒了，風比市中心料峭得多。富萍隨舅媽走著，舅媽問富萍什麼時候回去，富萍說再過十數天就走。舅媽問為什麼不多住些日子，富萍沒說已住了近半年，而是說奶奶是幫人家的，長住奶奶東家家裏也不好。舅媽就說那麼住舅舅家來好了。富萍沒搭腔，舅媽也沒再說話，一直走到了富萍搭車的車站，看她上了無軌電車，才往回走。富萍方才心裏還說：那時候不要我，這時候倒要我。這會兒，看著舅媽略微肥胖的身子用力擠出人堆，心裏的氣話又嚥了下去。就是這天，富萍回到奶奶那裏，奶奶對她哭了。然後，富萍便收心了。其實，也不是收心，而是再沒什麼想頭了。舅舅家是找到了，可找到又怎麼樣？富萍對接下來的事情，沒有一點準備。

舅媽看到富萍，動了什麼想頭呢？她想到她娘家姪子，今年二十三歲，還沒有對象。就像方才說的，垃圾船上的男孩子，多是找垃圾船上的女孩。女孩呢，雖然有一半情願嫁船上人家，但還有一半呢，是嫁出去的。男孩子的婚姻就多少有些吃緊。所以，他們有時會到老家去娶鄉下女孩來成婚。上海的戶口固然難進，可這地方的人倒不頂在乎戶口的。鄉下戶口就鄉下戶口，有什麼呢？不一樣憑勞動吃飯。而且，環衛局在本市很難招到工人，市民們對這一行抱有頑固的偏見，環衛局通常都是在船工的子弟中招募勞動力。有時候，也不得不徵用些臨時工。像這些從鄉下嫁過來的女人，就都跟了男人上船做，領一份臨時工的工錢。

碰到勞動局發放名額時，幸運的還能報進戶口。這樣，舅媽就想，何不把富萍介紹給她姪子呢？

一個人往家走的路上，舅媽想了很多。雖然是個心思簡單的人，不禁還是想起了許多舊事。她想起過去沒有收留富萍，富萍會不會心有積怨？但是事隔多年，這不，孩子自己找上門來，就不會太記恨，是想聯絡這門親戚的。但會不會是來氣氣他們，意思是，沒有你們舅舅舅媽，我不是也成人了？舅媽很使心眼地猜疑著。可是卻不像，孩子來時並沒露出一點驕矜之氣，隨隨和和的，有問必答。說到幼年失怙的情形，也沒有流露怨氣。那麼，她來找他們舅舅舅媽會是什麼事情呢？這麼翻過來，倒過去地想，把舅媽的腦子都想痛了。實在想不下去，她又換了個方向去想。想富萍說的奶奶究竟是誰？並沒有聽說她有奶奶，要有奶奶，當年還不立刻將她領走，要流落到叔叔和舅舅兩家之間，推來推去的。那麼就不是親的，或者是堂的，過繼的，他們這地方作興過繼兒女。這個問題很快就釋然了，前邊的問題也沒有再來麻煩她。這樣，舅媽就基本上把事情想清楚了。於是，一身輕鬆地走回家去。

家家都在做飯，炊煙四起，飯香也四起。尤其是燉肉的香味，都連成一片了。舅媽走進了自家的院子。這是個狹扁的院子，半扇木門，幾乎要側了身子才進得去。但也是個正經院子，磚砌了圍牆，院裏的地夯得很平，鋪了細水泥，有一層光。大孩子已經淘米燒上了飯，最小的那個也在家裏，小板凳上擺家家玩。中間的兩個在外面卻還沒有野夠，人影都不見呢。她摸摸下午曬出的衣服床單，已經乾得綳脆，並且略有了涼意，再過過，就要沾露水了。於是趕緊地收衣服，收罷衣服，院子顯得敞亮了一些。屋裏亮了燈，夜晚降臨了。旱橋在夜色中影影綽綽，有火車鳴著汽笛進站或者出站，一陣呼嘯，地都有些顫動，白煙從天空掠過，然後，天又青了。巷道裏不時有人走過，院子的門吱吱響，還有人高聲說話，聽聽都不是孫達亮的腳步聲。孫達亮替人蓋房子去了。也是一名船工，住棚戶的那頭，過年兒子娶親，在翻造房子，今天上梁，歇在家的男人們都去幫忙。舅媽收進衣服，把院子又掃了一遍，問大孩子：那兩個野到哪裏去了？大孩子正回答，那兩個呼嘯著進了門。她開口要罵，卻看見他倆手裏各提了半籃煤核，就改了口，讓他們洗臉洗手，洗不乾淨不許進門。那兩個就奪了盆，從門口水缸嘩啦啦地舀水，洗了起來。一邊洗，一邊和鄰院裏的孩子高聲搭話。家裏立即變得喧嘩起來。現在，舅媽只等著舅舅回來，好向他說他外甥女兒來過的事，再告訴自己的想法。舅媽是個急性子的人，恨不得立時把富萍接過來，和她姪兒見面，認識，談攏，然後定下。她擔心不等這裏商議妥，富萍就先回揚州去了。事情就怕陰差陽錯，好多姻緣都是這麼給錯沒了的。

舅媽這麼胡思亂想地開出飯來，看幾個孩子風捲殘雲地吃完，又差大的洗碗，小的抹桌子抹板凳，然後在燈下寫作業，自己又掃了一遍地。等時間到了八點，就趕孩子上了床。自己呢？也上了床，但不躺下，用碎毛線織毛襪子，專心等男人回家。這裏的夜很靜，沒有市聲，火車的轟隆聲雖然震得床搖地動，但不是嘈雜，而是有力，反而襯托出夜晚的寧靜。小孩子白天玩瘋了，這會兒在夢裏說夢話，挫牙，聽來也是靜靜的。舅媽等不多久，瞌睡蟲就出來了，放下手裏的毛襪，身子一歪，睡著了。一覺醒來，發覺身旁多了一個人，曉得男人已經回來，硬推了他起來，把白天的事情說給他聽。男人恍惚中聽女人說起老家的人，不知是虛是實。被女人緊逼著問「好不好」，也不知究竟什麼「好不好」，胡亂答應了，又一頭栽在枕上睡了過去。但這一回做夢，卻做到了老家鄉下，水汪汪的，幾座紅豔豔的磚房。他離開有多久了啊！

接下來的幾日，舅媽又徵求了左鄰右舍的意見。多是說好的，親上做親怎麼不好？有比較多慮的，則說多年不通音信，到底不知就裏。脾性如何，人品如何，那邊的叔叔嬸嬸且持什麼態度，又究竟是定了親還是未定親？這樣年紀的女孩兒，鄉裏哪裏有沒著落的。可舅媽已經想定了，說不管如何，先接過來住幾日，不就熟了？了解了？然後再作下一步計議好了。這樣，舅媽就梳洗一番，換一身作客的衣服，拎一個花布木提把的包，去上海接富萍了。他們向來稱市中心為「上海」，好像他們依然是住在外省鄉下。舅媽這樣鄭重，是為見奶奶的。她想，原來「上海」有著一個老親啊！不巧，沒見著奶奶。舅媽多少有些遺憾地帶著富萍回來了。

十 孫達亮

孫達亮初看外甥女，心裏陌生得很，但聽見她說話，那鄉音使他感到親切了。

孫達亮十二歲就離開了家鄉，跟著大伯做了船工。孫家所在的那個莊是個窮莊，沒幾畝薄地，還都挨著大莊富莊的地邊。灌水，放水，走田埂，很受人欺。差不多每一季都被人犁去一條。所以，就有外出闖碼頭的傳統。也是一帶十，十帶百，第一個人是到上海糞碼頭那裏租了糞船，操起拉糞的營生，後來的就多是幹起了這一行。蘇州河上往來的糞船，聽口音，不少是這個鄉這個村的。這莊的人，秉性很厚道，沒出過能人。上海的糞碼頭，都是有大亨的幕後；一層層下來，不知有多少小糞頭。連最底的那層，這莊人也擠不進去。因此，這一行裏幹了幾代，依然是在糞霸頭底下受盤剝，至多置起了自己的一條船。但就這點人家手指縫漏下的食，也養活了大半莊的人口。孫達亮剛上船的時候，連櫓都搆不著，就做縴工，背了縴在岸上走。等風順了帆，再下船來。船到了地方，則做挑工。船從上海來時拉的糞，去時拉一船蔬菜，兩頭都要挑。自家人不夠，還要臨時雇工挑。本來就個頭矮，背縴和挑擔這兩樣，又把孫達亮壓得不肯長了。如今四十歲的人了，從後面看，還像孩子。走在巷道裏，有過路的榻車進來，在背後就嚷一聲：小把戲，讓開！待他回轉身，才知喊錯了。但他很有筋骨，皮肉緊得很，皮膚是一種銅色。因常在船上走，腿略有點外八。外八，照理走路都搖，他卻不，很穩。他的臉模子仔細看，富萍竟真有些像他，厚厚的團臉。神情本來也有點木訥，卻叫一件東西改變了局面，那就是一副眼鏡。

孫達亮的團臉上架了一副白框的近視眼鏡，這看上去有些奇怪，不大像似的，但他的臉因此卻有了一種睿智。孫達亮在他們這代船工中，是很少有的識字的人。他讀過九個月的私塾。他跟他大伯上船的第二年，十三歲時，他大伯將他寄放在一個教私塾的親家中，跟了先生讀書。他大伯內心是有些將他當兒子的。他自己生了八個孩子，死了六個。船上的孩子總是死於三條：落水，傷寒，血吸蟲。他家孩子都攤到了，只剩下一兒一女。他帶了這姪子一年，便有些喜歡他，喜歡他肯吃苦，孝敬大人，並且聰明，看什麼會什麼。有一日，那教私塾的遠親上船來玩，聽大伯說些家鄉事。見孫達亮拿了張舊申報看，就從上挑了一個字考他，他說是「胥」，伍子胥的「胥」。問他怎麼知道？說向人討教的。那先生在邊上寫了個「婿」，再考他，他也念作「胥」。何以知道呢？就說：雖然加了字，但讀音不變，變的是意思。那麼為什麼就不念「女」呢？或許「胥」才是後加的呢？孫達亮認真地想了想說：「女」字是偏，應當從正。先生看他說話老氣，好玩，再究底問：為什麼「女」字就是偏呢？這有些把孫達亮問住了。但想了一會，他掙著回答：因為「女」字比「胥」字筆畫少。這話露出了孩子氣，先生不由大笑，但還是誇獎了他的肯動腦子。然後對他大伯說：這孩子要讀幾年書，就更好了。大伯二話不說，當即讓孫達亮收拾了東西，晚飯後，就隨先生去了他家。學費和膳宿費議定為一月半船蔬菜。

先生也姓孫，住南市，一個雜院裏，兩間偏廂房。裏間是先生和師母的臥房，吃奶的小弟弟也睡在裏面。外間是兩個孩子睡一張三尺床板，迎門有一個條案，案上立了孔夫子的牌位。條案下方是一張八仙桌，吃飯，上課，先生寫字，都在上面。桌後邊有一張太師椅，是先生的座。底下一圈方凳，坐學生，晚上呢，就併攏來，作孫達亮的床。學生連孫達亮有七個，一早來，連上四堂課，不休息。中午放學，下午就不來了。這四堂課裏，兩堂國文，一堂算學，另一堂是操行。國文說是教四書五經，其實就是識字，算學則是珠算，操行卻複雜了。這也是先生和學生都最喜歡的一堂課，花樣相當多。有時候是教歌，由先生的大女兒來教，大女兒在新式學堂裏讀書。教的是黎錦暉的「葡萄仙子」，還有「長亭外，古道邊，芳草碧連天」。有時候是練操，無師自通的，學了童子軍的步伐走操。又有時是先生講故事，講的範圍就廣了。先生是新學舊學，各摻一半，沒什麼偏見。講的有孔子和弟子們的傳說軼事，有《太平廣記》，有話本傳奇，還有新讀到的小說。最令他們師生欣喜的故事，是張天翼的童話《大林和小林》。先生很賣關子的，每天只念那麼一小節，將孩子們吊得眼睛發直。無論是大林的富貴生活，還是小林的貧賤生活，都是那麼異想天開，聞所未聞，且又合情合理，煞有介事，勾住了大家的心。有幾次，孫達亮聽見先生躲在裏屋讀書，不自禁地笑出聲來，曉得是在讀《大林和小林》。動過幾回心思找來自己讀，可先生將書藏得很牢，怎麼找都找不到。有一次，他甚至找到米缸裏去了，還是沒有。回過頭來，見先生在身後，很得意地向他笑。他悻悻地蓋上米缸，兩人心照不宣，各自走了開去。這師生倆挺合得來，有些老少兄弟的味道。先生雖然是個大人，卻很天真。孫達亮呢，是個孩子，卻比較老成。而他們倆又都喜歡書本，喜歡知識，書本和知識的喜好，使他們養成了同樣風趣的性格。讀過一節《大林和小林》，還剩下時間，先生就帶學生去散步，這也是操行課的內容之一。倘若是春天，先生就叫做「踏青」，儘管這城市裏並沒有什麼青色。他們常去的地方是江邊碼頭。開春，水漲了些，一塊塊地湧動著。風還很寒，只是含了一股濕潤，使寒意柔軟了一些。他們的頭髮和衣服叫風吹得潮潮的。近午的太陽，把江水照得薄削了一點，折射出略微銳利的反光。江上船隻如梭，吃水都很深，把江面犁開了一條條的溝。天地間，籠罩著一個宏大的聲音，壓住了所有的聲氣，因此就有了一種遼闊的寂靜。先生和學生都不說話，看江上的船隻，這樣遠遠的，那搖櫓的吱嘎聲，卻清晰入耳，令人不敢相信是真的。

大伯每月下旬就送一回蔬菜。孫達亮將蔬菜挑了來，整理一番。留出日常吃的，餘下的就挑出去賣，賣來的錢全交給師母。他住先生家裏，很有眼色的，見活就幹，有些像學生意的伙計。他在院子裏劈柴，和煤渣做煤球，先生就背著手，搖著腦袋，吟誦孟子的那段「天將降大任於是人也，必先苦其心志，勞其筋骨，餓其體膚，空乏其身，行拂亂其所為」。但在他剛來到時，早上去端先生房裏的夜壺，師母沒說什麼，先生卻阻住了不讓，自己端了去倒。事後對孫達亮說，人可吃苦，卻不可受辱。雖然是一樁小事，且也被先生誇張了，可是對孫達亮影響相當大。一生中，他都防止自己去做低下的事。孫達亮對先生，真的體會到「一日為師，終身為父」。跟先生讀書九個月，他稱得上終身受益。這九個月的讀書生活，他一生都難忘記。後來，他再也沒有來過南市，但是，他的眼前，總是有著一卷拉洋片似的圖畫：小南門內，沿了一條王家碼頭路，插進豆市街，再穿過一條無名的蛋硌路，就進了一個巷口，九曲十八折的，最終繞到一個凹處，凹處裏有一扇柴爿門，很不起眼的，推進去，卻是一個大院，院裏還是九曲十八折，其中朝東的一曲一折裏，就是先生的家。那個家，什麼氣味沒有啊！醃菜的霉鹽氣，嬰兒的尿臊氣，煤渣餅燃出的硫磺氣，飯的餿氣，先生就在這熱烘烘的一團氣味裏，搖頭晃腦地讀書，手裏托了一把紫砂茶壺，壺裏泡的是茶葉末子。每當畫面拉到這裏，就定格了。

孫達亮來到時，先生家的生活已經很拮据了。那是上海淪陷的第二年，先生一家的生計，全憑了學生繳的學費。此時，先後有兩個學生退學。再接著，又有學生退學。不久，先生的大女兒也從小學堂裏退了回家。到後幾個月，只剩下四個學生斷斷續續地讀著，學費是有繳有不繳。孫達亮的半船蔬菜呢，蘇州河上不太平，從中山路橋到黃渡，三十六里路，三十六道關，來回七十二關，就不能按期送到，脫空了一、二次。生活實在難以維繫，達觀的先生都有些愁苦了。逢到吃飯時，便走出門去，吃罷飯才回來，說在朋友家吃過了。再過過，孫達亮也在吃飯時躲出去了。有一回，吃飯的時間，師生倆竟在鹽碼頭街不期而遇。兩人都沒有說破，一同走著。走了一段，先生手袖著，仰面嗅了嗅空氣，說了聲：「嘉慶年的風。」孫達亮不解地問：「怎麼說？」先生說：「有豆香。」孫達亮還是不解。先生便說起了康熙二十三年，開海貿易，黃浦江一派繁忙。每年冬去春來東南風起，沙船乘風而來，載著東北的大豆，雲集於大東門江畔。碼頭上豆貨堆積成山，行棧鱗次櫛比。到了嘉慶年，豆貨交易達到鼎盛，舉一個例子，豆市交易所用銀兩稱作九八荳規元，滬上各業便遵為一切交易的通用貨幣。孫達亮這才發現，先生帶他正走上了豆市街。先生又告訴他，「豆市街」的「豆」，原本是有草頭，為「荳」，有一些雅興，這便是古意，如今，人心都變得實惠，沒有一點奢趣。先生在戰時的冷清的街道上開講，凹陷的臉頰生出紅暈，顯得豐滿了些，眼睛裏放著光亮。天黑了，街兩邊的板壁房子裏，透出點點如豆的燈光。孫達亮隨先生走到街這頭，再折回身，向街那頭走去。

等到日子實在維持不下，先生決定攜一家大小回興化老家。孫達亮搭先生家租的船，到封濱與他大伯會合。蘇州河上，到處是日本人，惴惴不安的，倒把離別與變故的悲戚放在了一邊。等想起與先生這一別，不知何時能再見，先生的船已經不見了蹤影。再回到大伯的船上，他長了一歲年紀，十四歲了。堂兄看樣子也染上了血吸蟲病，雖然肚子沒有鼓脹，但精神十分委靡，從早瞌睡到晚，睡著了，針扎也不醒。大伯這一年則明顯見老。於是，孫達亮便成了家中的主要勞動力。他個頭沒長，還是那麼一點，臉上卻有了成人的表情：沉著，鎮定，從容不迫。由於在暗淡的光線下讀書太多，他的眼睛明顯地近視了，看稍遠一些的東西，便不得不瞇縫起眼睛。這也給他孩子氣的團臉增添了一股思索的神氣。這樣，自然而然地，他從大伯肩上接過了生計的重擔。天空是陰鬱的，蘇州河夾在鉛灰色的水泥建築裏，緩慢地流淌。孫達亮一櫓一櫓地搖著船，行進在這條逼仄的，壓抑的水道。

苦難卻沒有個頭。沒過多久，船便讓日本人徵用了。日本人押著船，到虹口，裝上紅磚頭，向瀏河口去。紅磚本來重，日本人又死命地裝，水吃到船幫上來了。船行得很慢，擠擠挨挨地走出江口，浮力大了，才略好些。有風，都張起了帆，江鷗也飛翔起來。船隊散開了些，布在逐漸開闊的江面上。船上那個日本兵嘰嘰哇哇地說著日本語，和鄰船上的同胞說話。忽然間，孫達亮的肩膀頭被推了一下，回過頭去，看見那日本兵向他做著手勢。他一手指著鄰近的船，一手張開，再迅速地合向那隻手。他重複了這動作三遍，孫達亮明白了，是要他把船向臨近的船靠攏，不要落單。他心裏一陣好笑，發現日本人其實是害怕的。於是他回應給他一個更複雜的動作：他彎下腰，垂下一隻胳膊，猛烈地划動幾下，再將兩手併攏，又一下分開。表示水流過急，船和船必須分開。他也一連做了三遍，估計那日本兵看懂了，臉上流露出無奈的神情，一個人搖搖晃晃走到船幫，向隔遠了的船上的同胞揮手喊叫。他的聲音在江面上散開，聽起來非常微弱。孫達亮不由一陣爽快，這些日子積鬱在心裏的愁和悶，此時釋解了許多。他放開喉嚨唱起歌來，唱出口的是：「長亭外，古道邊，芳草碧連天」。他的聲音叫風給堵回來，重新灌進喉嚨，變成了嗚咽，他的眼淚就下來了。

生活就這樣一點一點擠了過來。壞到底了，再一點一點好起來。日本人走了，然後，國民黨也走了。蘇州河上逐漸太平，糞碼頭收歸國有，大小糞霸再沒了勢力，雖然還是勞動和吃飯，可兩項都有了保障。一九五〇年，孫達亮二十二歲，他娶了親。像前面說的，女方也是船上人家，和他操的一種營生。大伯去世了，大伯媽帶了堂兄住回老家。共產黨政府免費替堂兄治好了血吸蟲病，但終究不再是個健康人，只能幹些輕活。母子倆在鄉下，全靠孫達亮寄錢回去生活。這也是應該，大伯的船留給了孫達亮嘛！孫達亮兩口子就在這條舊船上，接著往下過日子。一九五六年，成立了合作社，統一編隊調配船隻，他們調作運垃圾。大家輪著使用集體資金大修了船隻，運輸量提高了，吃喝用度外，竟有了節餘。太平的日子，人就生出了一點奢望。他們的奢望是在岸上買一間房子。看著小孩子腰裏繫根繩子，牽在桅杆上，在船甲板上爬來爬去，像個螞蚱，兩口子就想岸上的房子。夜裏，船泊成一片，亮了一河燈，老大和船工們在船幫上跳來跳去地串門，喝酒，聊的也是岸上的房子。有賣了鄉下的老屋，湊了錢在岸上買了房，雖然還是水上走船的時間多，但一泊了船，見那一家子收拾了東西上岸去，各條船上便紛紛笑罵著，送他們遠去，心裏想的還是岸上的房子。終年在水上漂流的人，做的夢也是岸上的房子。孫達亮兩口子縮衣減食，他女人連瓶雪花膏都不捨得買，他呢，戒了酒。船上的人，為了驅潮驅寒，也為了聊解寂寞，都是有些貪杯的。可孫達亮到底不同，他是有一些精神力量的，說不喝就不喝了。這就是他和其他船老大的不同之處，也因此，他在船工中間，有著比較高的威信。他女人在水上算得上一枝花，卻看中了他這個身量短小，其貌不揚，還有著許多拖累的人，非他不嫁。也是有眼光，看到了他的不同凡響。

他們幾乎隔年生一個孩子，添一次人口。又總有些大事情，陡增額外的開銷。比如孫達亮的姊姊，也就是富萍的母親去世，回一趟鄉下。再有，大伯媽去世，那更是要厚葬的。女人娘家也不時有些紅白事，孫達亮且是個重情理的人，每次都是盡心盡力。但是，儘管有那麼些漏洞，錢還是一點一滴積攢了起來。眼看著買房有望，不料，卻到了一九六〇的饑饉年。再要接著積攢是不能了，萬般無奈之下，還須從已有的積攢裏刨出一點來應付眼前，總是餬口活命要緊。有幾次真是不得過了，孫達亮甚至動過當年先生的念頭，攜家還鄉。可是，當船走出上海，來到郊外，兩岸荒落的景色，又使他打消了這個念頭，咬著牙又挺過來了。在這艱苦的時日中，買房的計畫變得渺茫了，卻沒有熄滅。相反，還更經常地呈現，升起，照耀著孫達亮，成為他生活的遠大目標。雖然難，可孫達亮卻沒有一點鬆懈。積攢耗去了一些，但大半沒動。等年景緩和過來，立刻補回損失，繼續上漲。於是，到了一九六三年，他們的積攢達到了一千一百元，買下了岸上二十二平方的一間破屋。破屋的主人，一名船上的老大，就是在饑饉年裏沒有堅持到底，回了鄉下，房子拖了兩年才賣出手。

孫達亮帶了一家人，終於上岸了。他們幾乎是光身走進了這間破屋。站在屋裏的泥地上，四面八方都透著亮，蜘蛛網垂在他們頭上。梁上壘了一個燕子窩，聽見動靜，齊刷刷伸出一排小腦袋，毫不生怯地望著新主人。女人將被窩卷往地上一頓，下一聲號令。立即，小孩子像覓食的小獸，四下裏跑了開去。女人挽起袖子，操了把鐵鍬，鏟起屋裏的垃圾，同時，將七凸八凹的泥地鏟平，黑灰的泥地上露出新土的鮮黃色。不一時，孩子們就一趟趟地撿回了磚頭，瓦片，或者半籃半籃的沙土。孫達亮看著女人忙碌的背影，心裏湧出一股溫柔，他就是喜歡女人這個：一股勁地往前奔日子！他吸了一支菸，然後才動手，做了進門以後的第一件事，從包裏摸出一本日曆，釘在了牆上。這時候，門口的碎磚碎瓦，已有一堆了，土也有一小堆了。小孩子叫喊著奔進奔出，周圍鄰居都推門走出，圍攏到這裏來了。

那時候，這一片棚戶還不像兩年後的今天這樣擠，房屋和房屋，有著比較寬敞的空隙。孫達亮和鄰居們打了招呼，將他家門口和前邊房屋的後牆之間，一條窄巷封起來，做一個院子。這樣的話，人們就要稍稍多走幾步路，走到大巷口，才能穿行。但人們也無異議，都給了方便。這一個院子小得，小得出門就要碰鼻子，可終究是個院子啊！他們用碎磚砌起了院牆，把房子上的破門卸下來，作院門。另外去向人家買了一扇舊門板，刨光了，上一層紅漆，作房門。孫達亮將窗框也漆成紅的。牆，補好了，用紙筋石灰泥了縫，再刷一層石灰水。屋頂也補了瓦，碎的換整的。於是，白牆，黑頂，紅門窗，連著一道斑爛的磚牆，多麼鮮亮的一座小屋啊。屋內呢，石灰水刷了牆，地鏟平了，用羅細了的土撒一層，借個滾子壓實壓光。白牆上，張貼了揚劇《百歲掛帥》的年畫。紅窗戶邊，掛了孫達亮用棒冰棍子插成的，叫蟈蟈籠，目前還空著。再過個月把，就有叫蟈蟈在裏面住了。

十一 小君

前面就說過，孫達亮家有個閣樓，一年前加蓋的。他家房子分裏外兩間，這間閣樓是在外間一半的地方，從一人高處攔去一截。勉強也有大半人高，近屋脊呢，就有一人多高。從屋脊坡下來一點地方，開出一扇窗，安了窗框，玻璃。閣樓是為放東西的；木料，三合板，油毛氈，棉胎，瓦缸，孩子讀過的舊課本，還有一個橡皮輪胎，一捆舊報紙。都是過日子攢下來的，當時雖然沒什麼用，可說不準什麼時候就湊手用上了。這是家呀，總是屯著一些備而不用的東西。現在，舅媽準備接外甥女來住，想想還是單為她弄個地方妥當，畢竟是大姑娘了，礙著她舅舅總是不便。再說，自已家的大小子十二歲了，在家在學校都很分男女，也不方便。於是，就把閣樓清理出來，讓富萍睡。收拾閣樓時，隔壁的高小畢業生，小君跑了來，很殷勤地幫著搬東西。她身段靈巧，在木梯上蹬蹬地上下，很幫了舅媽的忙。她和舅媽要求，和他家新來的姊姊同睡，舅媽一口答應了。

小君家兄弟多，相繼成了親後，她就被擠得今天睡這家，明天睡那家。她也喜歡這樣的生活，因家中只她一個女孩，就覺得孤寂。她是個合群的女孩，應當說，這裏的孩子都合群。他們多少沾著點親，人不親不是土還親嗎？所以，就像一個大家庭。比起別的孩子來，小君又格外活潑一些，也是因為獨女的緣故，哥哥們都讓著她，個性就發展得很自由。她小學畢業沒有考上中學，在家閒著。有時也上船玩玩，但家裏並不靠她勞動。勞力多，連她兩個哥哥，有三條船呢！這麼多人，不會少她一口飯吃。她也覺得自己還小，因為上學晚和留級，其實也有十六歲了，但在家裏，可不是最小？所以就用不著發愁將來，日子過得很快樂。她每天的生活，基本上就是串門。她在人家家裏，非常勤快，而且能幹，不像在自己家裏那麼懶。她幫人家燒飯，洗衣，帶孩子。誰家來了親戚，她就趕了去看熱鬧，幫著招待。要是親戚中有一個與她差不多年紀的女孩，那麼，轉眼間就成了朋友。她對人特別熱情，人家呢？也容易受她感染，對她產生友善的感情。但是，她又有一樁交友方面的缺點，就是見異思遷，她永遠是被新鮮所吸引。所以，她雖然朋友多，卻並沒有多麼長久的朋友，總是交一個，丟一個。還沒來得及培養比較深的友情，她就轉向下一個了。她和人們之間的關係，就這樣，只停留在表面的好感上，談不上什麼交情的。現在，她的熱情移到了富萍身上。

富萍第一次來，小君沒見到，只是聽人家說。心裏遺憾得不行，就常常去孫達亮家，向他家大人小孩打聽，富萍還來不來？等到聽說富萍要來住一陣時，她便激動起來。她問了許多關於富萍的問題，她舅媽其實也並不了解，只告訴她，富萍今年十八歲，比她長兩歲。小君這樣熱切地盼望著富萍來，富萍還沒到，心裏已經和她親得不得了。等富萍到了呢，見富萍淡淡的，沒有多少話說，她也並不覺掃興，偎在身邊，一口一個姊姊。晚上，她吃過晚飯，早早來了，一個人爬到閣樓上鋪床。

她從家抱來一床新墊被，展在閣樓的地板上，再壓上一床棉毯，罩上床單。一張舒適的床鋪就有了。然後把自己和富萍的被窩挨著拉開。兩床被窩都是花的，一床棗紅底白花，一床寶藍底粉色花。都在太陽頭裏曬過，厚厚鬆鬆的。頂上的電燈黃黃地照著，看上去又暖和又熱鬧。小君做完這些，就坐在被窩的腳頭，等富萍上來。他們這裏都興早睡，尤其是這冬天，天本來短，人又戀被窩，吃過飯，洗過涮過，大人小孩就都上了床。小君等了一會兒，見富萍還不上來，就立起身，找塊舊布將燈泡擦了一遍，燈就又亮了一些。她聽見樓下有叮噹盆響的聲音，還有潑水的聲音，心想，富萍在洗臉洗腳呢！小孩子在高聲吵嘴，被他們的母親壓下去了。就是沒聽見富萍的聲音。小君重又坐下來，拿起帶來的毛線活織著，等著富萍上來。她那個嫻靜的樣子，就好像一個等著新郎入洞房的新嫁娘。富萍顯然被她舅媽留住了，兩人好像進了裏間屋，有開合箱子的砰的聲音，她舅媽在找東西送外甥女呢！果然，好一會工夫，小孩子都打起了鼾，富萍提了一個包袱，上閣樓來了。

富萍爬上閣樓，看見鄰居家的女孩端端正正地坐在被窩裏織毛線，這時抬起頭，滿臉堆著笑，不由也還她一笑。這一笑使小君激動起來，她不顧天冷，鑽出被窩，去接富萍手裏的東西，忙不迭地告訴道：東西放在哪裏。她揭開閣樓角裏一塊花布，裏面是無法蹲人的斜角，安置著一個木頭肥皂箱。小君很恭敬地將富萍的東西放在箱子上，又放下布簾。回過身，把富萍脫下的鞋對齊了，跟向裏尖朝外地放在腳後頭。再把電燈開關的拉線繫到自己一頭，讓富萍起夜時務必喊她。富萍哪裏受過這樣的侍奉，趕緊催她進被窩。小君執意要將富萍安頓進了被窩，才肯進。兩人爭執推讓著，來來回回地話就多了。等她們終於都躺下，拉滅了電燈，彼此間就已經相熟了。小君告訴道，自己叫什麼名字，今年虛齡多少，在哪裏念的小學，家裏有幾口人，嫂嫂的脾性如何，哥哥對她的好壞，以及經濟帳目。富萍聽著，並不插嘴，最多「嗯」一聲，表示在聽著。最後，小君說累了，漸漸地住了嘴，睡熟過去。富萍還醒著，月光從她們頭上的一方窗戶照進來，照在她臉上。她想起了奶奶。僅僅是半天的時間，她的生活卻翻了一頁，接下去，將是什麼等著她呢？

第二天早晨，舅舅舅媽要出船去了。走時，舅媽說：讓小君陪你上船玩去！富萍就說：我在家給表弟妹們做飯吧。舅媽說：他們會做，不用你。富萍又說：那我跟舅舅舅媽去。舅媽說：你跟我們老頭老太婆有什麼好玩的，去光明船上吧！於是，就上了光明的船。

光明就是舅媽的姪子，跟他父親的船。去年在內河航運處考到駕駛，現在做副駕駛。如今，船都換成輪機船了，編了船號，光明的船號是六〇〇五，專管到淮安路碼頭裝建築垃圾。小君興興頭頭地回家，向家裏要了肉和菜，用鉛桶提著，拉了富萍去找光明。

光明這個年輕人，穿著很摩登的。雖然在船上，還穿了皮鞋。腕上戴手錶，筆挺的西裝褲，不穿棉襖，在毛線衣外頭套一件橘紅色的橡皮水手背心。他不說蘇北話，而是說上海話。但他的上海話，卻有一股子蘇北腔。原因在於，一些輕輕帶過的語音，他都一律作著重的處理，反露餡了，也是說得過於認真的緣故。他人其實不壞，但這樣的外表卻多少給人一種輕浮的印象。在他們圈子裏的女孩，大都看他不上眼，罵他「燒不酥」，沒人肯嫁他。圈子外的女孩，除了有偏見，也覺著他酸，更不搭理他。他自己呢？眼界還很高，就這樣，拖到了二十三歲。這個年齡，在他們這裏，已經相當大了，再不娶親就真晚了。他自己心裏也有些急，對年輕女孩子就顯得比較殷勤。這時，看見小君和富萍來，就咧嘴笑著說：歡迎，歡迎！他的牙很白，也很整齊，臉也稱得上英俊。只是風裏來，日裏去，皮膚比較黑。黑還不要緊，要緊的是他梳了一個大大的飛機頭，上了厚厚一層髮蠟，襯著黑臉，惡狠狠的，像舊上海的一個流氓。小君一見他就要刺他，他就去揪小君的長辮子。兩個都是從小在船上長大的，在船板上走路就和平地走路沒兩樣，繞了船艙兜圈子追逐，把船搖得七高八低。富萍險些兒站不穩摔倒，叫光明看到了，趕緊向小君認輸，由她在背上拍了幾十下，才算息戰了。

正當婚齡的青年總是敏感的，他姑媽，也就是富萍的舅媽，把這個姑娘引到他船上時，他已經猜出了幾分。他嘴裏是和小君說話，打鬧，眼睛卻一直留意著富萍。這天，富萍在花布棉襖外面套了舅媽的一件栽絨領、藍卡其面的短棉大衣，手插在斜插袋裏，有點像城裏人的作派。短髮斜分著，卡了一個塑料花卡子，又有些城裏人沒有的鄉豔。在上海住了這些日子，臉頰上的紅已經褪去了，有些黃。眼皮也不像來時那麼厚，眼睛的輪廓略清晰了，就顯得清秀了幾分。她靜靜地站在一邊，看他們兩個打架，有時眼睛移開去，從水面滑過，有著一些心事的樣子。光明有點心動。他的內心並不像表面上那麼油滑，而且因為沒有戀愛的經歷，他要比同齡的男青年更為靦腆。所以，他忽然就不自然起來，臉一陣一陣紅。小君要再接著與他打鬧，他也不接茬。有一時，還認真生起氣來。氣得小君狠狠抽他一下，再不搭理他了。回到富萍身邊，摟住她的脖子，看岸上的風光。

船在蘇州河裏走著，河水有些發稠，黑亮亮的，映著他們的船。天很好，沒有風。沿河岸的板壁房子，窗戶上掛著洗涮過的拖把。有人在河裏洗東西，互相轉了頭在搭話，聽不見聲音。還有小孩子，張了大嘴哭，也聽不見聲音。機輪船的馬達聲轟響著，蓋過了一切。所以，雖然離岸很近，可又像隔了很遠。有幾幢樓房，好像一直跟隨著他們的船，從聳立在晴朗的天空底下，水泥的樓頂反射著陽光。比較起來，河道裏要暗一些，他們有些像行走在建築物的蔭地裏。但河水從底下折上來一層幽光，打在人臉上，使得影調柔和了，而岸上的光則有些硬了。從河道的角度看這個城市，城市顯得巍峨和龐大，而且生分。這是這城市比較疏闊的邊緣了，擠簇的建築離他們遠了，但還能看見。由於建築物繁複的塊面，將日光折來折去，最後集聚在那裏。所以，看過去，那裏就有一叢格外耀眼的光，就好像那裏棲了一個小太陽。河道裏，颼颼地走著一些細碎的風，臉和手腳都有些凍。但也沒事，都是凍慣的人。兩個姑娘沒什麼，光明卻戴起了一隻白紗布口罩。小君忘了方才的沒趣，又去找他的事，說他變成了一個大夫，可是，大夫到船上來做什麼呢？光明的臉紅到脖根，不知是拿掉好，還是繼續戴著好。尷尬了一時，到底是趁人不注意摘掉了。小君就說：光明今天像個女的，而且是個要上花轎的女的，臉皮那麼薄。富萍裝看不見，聽不見。她這樣在鄉裏長大，對男女事情十分謹慎的女孩，是相當敏感的，一眼就看出端底。她很詫異舅媽的用意，心想：怪不得，怪不得呢！

因為在光明這裏碰釘子，覺出光明對她不起勁，小君對這趟出船就減了興致。她攛掇富萍，上岸去，一路走回家，可玩到很多有趣的地方。小君說：你去過大世界嗎？沒有，我帶你去。不由分說，就喊光明停船靠岸。富萍倒不是想玩大世界，只是領悟到舅媽的意思，再乘在光明的船上，就覺不自在，小君提出上岸的建議，多少是解了她的圍。於是，等船靠了個墩子，停下，她便跟了小君爬上岸去。那船突突地響著，緩緩離岸，再向前去。這會兒就已經入了淞江，水面寬了，船小小的，顯得有些寂寞，還有些不捨，遠去了。

這一片岸，也空廓得很，是冬日有些荒寂的農田。麥種下在地裏，正休眠。地角上有幾株藤蔓的作物，葉子也發了黃。小君站定一會兒，忽然高興起來，大叫一聲：走啊！拉了富萍的手，奔跑起來。富萍掙著手，卻掙不出來，被她拖得只能撒開腿跑起來。小君也穿了一件富萍那樣的藍卡其短大衣，但是在頸上繫了一塊大紅的方圍巾，十分醒目。她的兩條長辮子在背上跳躍著，腿抬得老高，踢起了穿著白跑鞋的腳。她原來是水上子弟小學的長跑健將呢！富萍怎麼跟得上她？幾乎是被她扯著拽著，氣都喘不過來了。小君終於停了下來，哈哈笑著，任富萍怎麼罵她。這麼一跑一罵，富萍不由也活潑起來，上去捉小君的辮子，說要薅了這兩把玉米纓子。小君就躲，人躲掉了，辮子卻落在富萍手裏。兩隻手護住辮子根，彎了腰，與富萍倆轉著圈子。太陽這會兒高了，將兩個姑娘的影子投在地上，像在做著什麼舞蹈似的。最後，小君向富萍討了饒，這才鬆開手，兩個人一起沿河岸向回走去。蘇州河裏走著船隻，有小君認識的，小君就揮著手同人家招呼。有調皮的問：後面那個是誰？是你嫂子嗎！小君就說：你嫂子！然後才正經道：孫達亮的外甥女。又跑後兩步，攀住富萍肩膀說：別理他們，我嫂子哪有你好！富萍就要打她。她頭一歪，還是攀著富萍的肩膀。兩人這麼很要好地走了一陣，上了一條岔路，離開了河岸。

農田不知什麼時候不見了，房屋稠密起來，多是低矮的板壁房，路也變成狹窄的石子街道。二樓窗戶開著，伸出竹竿，掛著晾曬的衣服，萬國旗一樣，快垂到人頭頂上。再舉手跳一跳，就摸到屋簷了。沿街的洋鐵鋪子裏，叮叮噹噹地敲著鉛桶，吊子，鋼精鍋，鬧得很。街上壅塞著一股熏臘醃的氣味，很濃的油蛤氣。小君在轉角上的店面前站住了，她的腳踩在木頭檻上，鞋尖在裝排門板的槽裏滑進滑出。木製櫃台上方的屋框有著一些鏤空的木雕，空隙裏積了灰塵和油污。因年經月久，油漆已經斑駁，當年該是一種荸薺色，現在是黑的了。櫃上放了一排廣口玻璃瓶。瓶嘴是歪著的，對著櫃台裏面，塞著大軟木塞。靠近瓶口處是一些薄草紙包成的小三角包，底下是散著的白糖楊梅，白糖蓮心，鹹甜支卜，檀香橄欖，香草桃板，蜜漬梅子，鹽金棗，等等。所有的零食都撒了一層甘草，散發出一股苦甜的藥味。小君流連在這裏的時候，富萍卻被零頭布店吸引了。那些布頭就堆在鋪板上，因被人大肆地翻揀著，或絞著，或團著，亂著，散著，更顯得花團錦簇。這些零頭布，大多差那麼一點點，才夠做衣服或者褲子，可是耐心挑呀！就能挑到正好合適的。還可以拼呀！拼得巧的話，可真是好。這樣的零頭布店，一排有好幾個。其中一個，是賣紮拖把的碎布，論斤稱。富萍仔細看過去，有不少幾塊是可以拼了做正經用途的。又有賣鈕釦的小鋪，一個格子一個格子，竟有上百個格子了，每一格一種鈕釦。各種顏色的不說，每一種顏色呢，又有各種樣式。單是那種最常見的小白鈕，就有四個眼的，兩個眼的，暗眼的，有邊，無邊，或者花邊，純白的，帶水波的，閃光的。再有專賣針線的鋪子，從最小的繡花針漸漸到最大的縫被針，足有幾十種大小。線呢，除了粗細之分，還分絲線，花線，十字花線。滾條的種類也是無數，布的，綢的，緞的，斜紋的，平紋的，千縷萬縷地掛在門面上方。富萍想：小君這瘋丫頭沒說瞎話，果真是好地方。她們兩個各看各的，終於碰攏一起。

小君買了愛吃的東西，硬塞在富萍的嘴裏，是一塊牛皮糖。兩人嚼著糖，走出這個繁榮的街市，再向西去。已經是中午，兩人肚子都空了，咕咕叫著，可興致卻很高。臉都紅著，額上出了薄汗，互相攙著的手心裏也出了熱汗。她們將短大衣的鈕子解了，敞了前襟，露出裏面的花棉襖。看上去，真像姊妹倆。街道寬闊起來，換成柏油的路面，有了無軌電車的電線，在頭頂上盤結著。樓房則高大起來，行人呢，也多了。她們走得可不短，到靜安寺了。可都是能走路的人，又都是興致高的人。只是小君到底餓得受不了，堅持要吃東西。富萍先是不肯，後又礙著小君非要請她吃的面子，才勉強同意下來。然後，兩人就為吃什麼爭了起來。小君要吃麵，可推進餛飩麵店，一眼看見店堂裏有幾個男人在吃，富萍立即退了出來，說什麼也不願了。小君勸她不動，只得在一個熄了火的油條攤上，買了幾個冷大餅，兩人一邊走一邊啃。街上人來人往，難免會有輕薄的男人，看她們兩眼。富萍又不願意吃了，小君這回真生氣了，將大餅往她懷裏一塞，自己咬著餅在前頭走了。富萍跟在後頭，走到人少的地方，才低了頭慢慢地咬起來。

等她們終於走到大世界，兩人腳上都打了泡，腿肚也抽筋了。連富萍都顧不上了，跟著小君在路邊坐下來。富萍想：在鄉下，她挑了擔能走十幾二十里路，這會兒怎麼就有不行了？再想一下，就想出原因了，原來是上海的地硬，都是洋灰鋪的。而鄉下，卻是泥地，軟，就不傷腳。她把她想出的結果告訴了小君。和小君在一起，她也變得比較肯說話。小君聽了又是笑，說地還有硬和軟嗎？又不是饅頭和米飯。富萍和她說不通，嗤一聲鼻子，不說了。歇了一會兒，兩人決定起身到大世界跟前看看。不料，這一起身，兩人都站不住了。腳底的泡好像趁這一歇的時間，鼓了起來，踩下去，針扎一樣。小腿肚子就更別提了，就好像不是自己的了。兩人站起來，一下子都沒站住，都想扶住對方，結果互相扶著，又坐了下去。再要起來，再坐下去，兩人抱作一團，笑得不可開交。路人們詫異地回頭看她們，富萍也不在乎了，臉貼在小君的背上，笑個不停。大世界的門就在她們身後，幾乎可看見門廳裏的哈哈鏡了。那生日蛋糕一樣，圓形的，一層層收小的建築，很花稍的，帶著些鄉氣，還有些俗氣，卻很天真的，喜氣洋洋聳立在日暮的天空中。光從比較低的底處照來，又比較弱，均勻，平面，細膩地打著，將它貼在天幕上，像一幅布景。

十二　劇場

在他們居住的這片棚戶的東南面，有一個水上運輸大隊的文化站。據說，早些年，這裏是個有名的揚劇戲院。最早的維揚大班，就在這裏演出請神戲。有些老人們，還能記得起名角，也是班主潘喜雲的樣子。行頭特別壯麗，豔紅的盤身大蟒，寶藍，鴨黃，翠綠的令旗大靠。大鑼大鼓通天敲響，戲台四周香火搖曳，真是痛快淋漓。現在，這戲院成了個禮堂。開會，做報告，放電影，偶爾也會有外地不知名的小劇團來演出。平時，卻冷清得很，只留一個退休的老船工看門。這裏的小孩大都認識他，叫他公公。下了學，跑到這裏，叫一聲公公，公公就放他們進去玩了。進去其實也沒什麼好玩的，就是地方大，空空的一個院子，地上新鋪了水泥。原先鋪地的石板，橇起了，有一些，還堆在院牆底下。那禮堂也修過了，外牆上塗了水泥。門前兩根立柱，原來是木頭的，現在換成了水泥。只是底下兩個柱子墩還是木頭的，殘留著一些斑駁的紅漆。場子裏也是水泥地面，長條凳都推在兩邊，一條搭一條地壘起，一直壘到齊窗戶。窗戶開得很高，扁扁的一排，有些像澡堂的氣窗。那戲台並不大，大約，寬有十數步，深則七、八步。台兩側各有一根立柱，倒還是木柱，顏色也褪得差不多了。戲台的木頭地板，踩上去，咯吱咯吱地響，板縫裏就擠出一縷縷的灰。戲台的後牆是一層薄薄的板壁，那邊就是後台了。兩側各有一扇門，供上下場用。後台是一個通間，和前台齊高，齊寬，只是略淺二、三步，就是細長的一條了。地板地，中間一條帶抽屜的長桌。那些細心的愛搗騰的孩子，從抽屜裏面就可能找出一朵泛黃變脆的舊珠花，一條包頭布什麼的。依著那座板壁牆，放著幾個戲裝的箱子，上面寫著一個「陳」姓，不曉得是哪個年代，也不曉得是哪個戲班留下的。後來的人也沒去考究，只怕是老鼠已經在裏面做了窩。後台還另有一個角門，走下幾級台階，台階已經換成水泥的了，走下去，就到了後院。泥地，露天的廁所就在角落裏，橫著是「男」，豎著是「女」。對面的角落裏有一棵紫荊樹，可以想見，男女演員候場時，就在這裏喊幾下嗓子，把腳舉在牆上拔筋。這個戲台子像是沒怎麼動過，否則不會這麼舊。唯一新的地方，是戲台正面的上方，用水泥塑了一個五角星，塗了紅漆。小孩子進來玩，大多愛到這戲台子玩。

他們在戲台上，跳下跳下，互相追逐，叫喊。叫喊聲在頂上激起回聲。對了，還沒說那頂呢！頂上橫著木梁，木梁熏得發黑，想來是唱請神戲時，香火熏的。木梁上頭，黑壓壓的，依稀可見人字型的椽子，吊著些蛛網和灰串子。梁上爬了電線，安了電燈，罩著鐵皮罩子。順了梁，隔二米有一盞。過去應當是汽燈，再遠些是蠟燭盞，現在有了電，當然改電燈了。這戲院子的樣式多少有些像廟宇，說不定真是廟宇改的呢！所以，別看它小，卻有一股森嚴的氣氛。孩子們玩到下午四時許，光線沉下來一些，貼了門檻往裏照，就看見有許多灰塵在亮亮地飛舞。場子的四壁有些黃，塗了一層釉似的。這時候，不知怎麼就有些　人。不定哪個調皮孩子誇張地呼嘯一聲，於是，全都驚乍起來，一窩蜂地跑了出去。

這戲院子裏有著些可怖的傳說。說有一日夜裏，公公聽見戲台上熱鬧極了，鑼鼓聲大作，在唱戲呢！唱的是《楊家將》。公公想什麼時候又進的維揚大班，他怎麼不知道？就披衣起床，從他睡的門房走出，走過院子。只見戲院子裏燭火大明，將院子的地都映紅了。公公這一夜就好像中了　症，他都沒想一想，這是什麼時代了，早有電燈了，哪還用得上燭燈。他只是興奮地挪著腳步，一個勁兒地往戲院子裏奔。門關著，他這才發現自己忘帶鑰匙了。公公還是沒有想一想：既然他沒開門，維揚大班怎麼進得來？他卻覺得這一切都很對頭。公公扒在門縫上往裏看，第一眼，是千支萬支蠟燭盞，融融的一場子紅光。再一眼，他全身的汗毛豎起了。戲子上跳著，蹦著，唱著的，是一窩黃鼠狼。中間那一隻，背上還紮了令旗，兩眼炯炯的，大約扮的是穆桂英，細長的蜂腰一折一轉，出神入化。公公一身的冷汗下來了，腦子也清爽了，他磕磕碰碰地退回自己的門房。這一次，他在院子地上看見的不是紅光，而是石板縫裏的雜草：車前子，狗尾巴，足有半尺高了。他想：這戲院子是太荒了，所以才鬧黃鼠狼呢！

後來，院子裏的石板地全撬起來，澆成了水門汀。再有，有劇團進來演出，公公一定要他們燒香燭，供一供。但這院子裏依然有一股陰森的氣息。這一帶，小孩子不聽話，大人就說：再鬧，把你放到戲院子裏去！小孩子立馬不鬧了。而家中要有夜哭郎，大人則會到這戲院子的後院，燒一沓紙。這樣，夜哭郎立馬也不哭了。因此，這戲院子真的有些像廟宇了。公公，就兼了廟祝的職責。揚幫人都有些迷信，又因是水上生計，不測的事情較多，難免就會疑神疑鬼的。可他們又不像航海生涯的閩廣人，經的風浪更大，有宿命感，便生出類似宗教的觀念，有了自己敬崇的神：林祖。沿海地方，都有著供奉林祖的廟：天后宮。揚幫人的信鬼神還達不到這程度，他們的鬼神比較平凡，比較民間化，不是像林祖那麼神聖並且專能的。他們的鬼神散見在日常生活裏，因人因時有所不同。這些上海的揚幫人，多是憑苦力吃飯，也不像閩廣人財力雄厚，能夠氣勢壯闊地祭神。他們只能小來來，零打碎敲地來上那麼一點，帶有些商量的意思，他們的鬼神也多是比較好商量的。就這樣，這一帶，他們都比較相信黃鼠狼。

等到家鄉的劇團來演出時，這裏就又成了會館。四周的揚幫人都來了。他們看著劇團的人卸車，裝台，起灶燒飯。就像方才說過的，這是一個設施簡陋的戲院子，劇團的演員，夜裏就宿在戲台上。女演員，睡後台，化妝桌、凳子、椅子拼起來，作了床。箱包是不能動的，有梨園的規矩。再用一塊幕布攔起，留出過道，好讓男演員去後院上廁所。男演員就在前台打地鋪。生活是相當艱苦的。但在四周的揚幫居民看來，卻十分新鮮有趣。在這段日子裏，他們到哪裏去，都盡可能繞道走過戲院，也不進去，站在院門口，朝裏望一眼，說不定就看見劇團的人在空地上走圓場，練腰腿功夫。他們更願意看的是一些生活場景，比如那個當家花旦在院子裏晾曬衣服。她將洗過的頭髮束一條帶子，散在背上，直垂腰間。穿一件家常衣服，碎花布的，有些舊，還有些小，裹著身子。運氣好的話，可看見他們開飯的情景。多少有些像軍營。飯是在公公門房旁的棚裏燒的，那裏砌了一個灶，燒煤，煤是和道具布景一起拉來的。公公借給他們一張條案，拖出在院子裏，上面立一口大鍋，幾個菜盆子。然後挨個兒打了飯菜在茶缸和飯盒裏，就散在各處吃起來。有的蹲著，有的站著，一邊曬著太陽，說著閒話。洋鐵勺子在鋁製飯盒裏磕碰著，發出清脆的叮噹聲。這些戲台上的人都是畫中人，這會兒走下畫來，竟成了凡人，就特別的令人生奇。這時，住在附近的人，會端了碗過來，和他們一起蹲著吃飯，聽他們說著家鄉的事情。

晚上開演之前，公公就把院門關嚴了，可總還是能有一些早進去的。有的是公公的熟人，有的是劇團裏人轉彎抹角的熟人，他們早早來到劇場。這時候，劇場已經變了樣，推在牆邊的長條椅一行一行排齊了，兩邊和中間留了過道。舞台上呢，垂了紫紅色的大幕。增添了這些東西，劇場並不顯得擠，反而還變大了一些，因為整齊和堂皇。這時燈還沒有亮，場子裏暗暗的，就還有些肅穆。早來的人不由自主地放輕了聲息，穿行在排排座位之間。水泥地是潑上水掃淨的，留著一片片的水跡，發散著森涼的氣息。這時，隱約有笑聲和說話聲，好像來自低垂的大幕的後邊。早來的人便鼓了勇氣，從幕側踏上兩級木階梯，揭開一點大幕，到了台上。台上更黑，頂上有一排大燈，吊在木架上，有兩、三個人影在忙碌。看起來，人影很小，因為台是空闊的。但黑暗裏，有兩道亮光，就是那兩扇通向後台的門，說笑聲從那裏傳來。走進去，原來這裏是另一個世界。開著兩盞起碼有一百支光的電燈，四壁照得雪亮，一屋子的美人。美人們，有的對了鏡子描眉，有的是兩個美人臉對臉互相上妝。或者一個站在一個背後，幫著勒頭。上了粉底的臉，比一般人似乎要大出許多，如同滿月。眉眼也被描大描黑，唇是血紅的，兩頰的胭脂豔若桃花。他們大多換了半身戲衣，勒了頭，也沒有上頭飾，都像是戲中的慵妝的睡美人，有那麼一點點膩味。近處看，那些戲衣都不夠乾淨，發著烏，還有著胭脂和口紅的暗紅的污跡。美人的牙齒襯了雪白的臉和鮮紅的唇，很黃。從他們嘴裏發出的調笑，也很不雅，不該是他們發出的聲音似的。但是，就是這樣半戲半人好看。後台漸漸擠滿了人，看演員化妝，說笑。有上好妝的，走出後門，在後院裏「噢噢」地喊嗓。手裏端了一缸茶，喊一口，喝一口。天色沉暗了，他的化了妝的臉從暗色中突現出來，有點像變作美人的厲鬼。

此時，場子裏熙攘了，燈光全亮了，雖然不是忒亮的燈，可架不住多啊！所以，也挺輝煌的。屋梁上的頂，漆黑的椽子，全隱去了。燈下是攢動的人頭，還有鬆脆與婉轉的揚州鄉音。這是揚幫人的大聚會，幾乎全來了，有人還天天來。人們互相招呼，孩子們在座位間奔跑，追逐，尖叫。並不是每個人都來看戲的，很多人只是為了看看家鄉來的人。所以，演出的時候，場子也很嘈雜，始終安靜不下來。有幾次小孩子打架打凶了，叫公公一手一個揪了出去。但這也並不妨礙他們看戲。每一個新角出場，他們都報以熱烈的掌聲與喝彩。一些熟悉的唱段則一人唱，眾人和。最受歡迎的，是武戲。鑼鼓一響，一行跟頭過去，屋頂都抬了起來。有那麼一、兩個失了手腳的，也不要緊，退回去，重來，終於過了，又是一片叫好。但人們多年傳頌著的，卻是一個旦角。那旦角一出場，全場都靜了下來。她的聲音很特別，尾音略拖長，又略向下行。念白的字音轉折慢一些，但又不是慢，行腔比較低，也不是低。「盜仙草」一折，白娘娘一改青衣裝扮，換了短打，顯露出蜂腰，瘦肩，纖手纖腳，眼神流轉了，聲音也清脆了，真是一人千面，變化多端。人們都想起公公見過的那隻黃鼠狼。人們斂著聲氣，隨她的動作移著眼睛。等她進去了，鑼鼓響起，蝦兵蟹將一行武丑上來，才吐出一口氣，轟一聲鬧起來。

蘇州河靜靜的，有幾點燈火，是泊著的船上投下的，像釘子一樣，扎在稠黑的水面上。遠處的幾幢樓房，薄薄地貼在天幕。天空很黑，但黑到邊上，就是接近地平線的地方，又微明起來，是這城市的市光。那是另一番景象，摩登的光和影，摩登的男和女。這裏卻不是，這裏是小世界的熱鬧和絢麗。

這一年春節前夕，劇場又一次熱鬧起來。從蘇北興化來了一個揚劇團，演出現代戲《奪印》。雖然是小劇團，但行頭，道具，燈光卻不可與舊時代同日而語，裝了有滿滿登登幾大卡車。景片是一面真正的山牆，或者真正的院門，合起來，可搭一座房子。還有一卷卷魚網似的網子，幾個人才搬得動。等到裝台，吊起的網子「刷」地放下，旁觀的人們都傻眼了。一片微風蕩漾的稻田展現在了眼前，幾乎可嗅得見稻花的清香了。燈光從四面照耀著，如真如幻。服裝呢，雖然都是現代人的裝束，可就是好看呀！顏色鮮麗，而且多，幾排衣服架都擠擠挨挨的。鞋子有幾箱，箱子做成一格格的，寫著各人的名字，不是演員的名字，是戲裏角色的名字，各人是各人的。幕布是新的，還有一道紗幕，放下來，就是早晨起霧的景象。樂器也很新，鼓面繃得緊緊的，一塊補巴都沒有。笛子聲清亮得，像個小哨子。唱詞，行腔，劇情，都是新鮮的，但還是好聽呢！女角總是俊俏的，只是作派大不相同。剪短髮，腰間束皮帶，像男人一樣舉手投足，有一股子英氣。也是好看！那個地主婆，照舊戲裏分，該是個丑行吧。扭著腰肢給幹部送湯圓，真是好玩啊！這是最接近舊戲的一個角色，每次出場都能博得個滿堂彩。這個現代化的劇團，在此地引起了極熱烈的歡迎，每晚都滿座。還有一些沒有票，被公公私下放進去的人，站在過道裏。院門前是買不到票，又進不去的人，黑暗中散散地站了一片，聽一點裏面的鑼鼓聲。

劇團所來自的興化，是孫達亮的老家，劇團中有一個琴師，還是他的同莊人。兩人都是從小出來，並沒有照過面，可論起鄉里鄉親，彼此都有共同的相識。這些日子，孫達亮只要在家，就天天晚上去劇場。開演前，坐在幕側樂隊的地方，和琴師聊天。有時也到後台，聽其他家鄉人說話。帶去的小孩子，就散開在台前台後瘋跑。小君也跟著孫達亮跑了去，還拉上富萍。富萍和她舅舅生分得很，心裏還有些怕他，住這裏十來天都沒說上幾句話。但有小君陪著，舅媽又催著，便去了。有兩回，走到劇場門口，看到光明站在那裏，手上還拿著事先買下的戲票，等他們一同進去，富萍就知道是舅媽的用心。一路人浩浩蕩蕩進去，舅舅要與琴師話舊，小孩子要無拘無束地四處跑跑，小君要看的是演員化妝，富萍無可無不可，只是跟定了小君，光明則跟定了富萍。於是，這三個人便早早就坐在後台口的板凳上，等著演員吃了早晚飯，涮洗過飯盒，再泡好一大搪瓷缸釄茶，慢悠悠地過來化妝。光明自然要找些話和富萍說，問她這，問她那。富萍先是不願理他，再一想他是舅媽的姪子，也算個親戚，理兩句怕什麼？漸漸地就與他搭起話來。

早說過，小君是個見異思遷的人，她看到了劇團的新人，便把富萍忘了。她很快就和劇團一個女學員搭識起來，替她端洗臉水，泡茶，調製刨花水抿頭髮，又從家裏帶菜給她吃。這女學員剛進團兩年，還沒出師，只是跟著跑龍套，管服裝。她習的是生行，眉眼很俊拔，真像個秀美的青年。大約是脾性有些怪癖，在團裏沒大有要好的，進來出去，常常落單。所以，對小君的殷勤獻好，並不推辭，而是欣然接受。這樣，小君忙著和她的新朋友熱乎，撇下富萍和光明兩個人。現在，沒有小君隔著，就光明和富萍坐一條板凳，富萍嗅到他的頭油味，還有臉上手上的香脂味。光明不時擼起袖子，現出腕上亮晃晃的錶面，向富萍報告：現在五點三十九分，現在六點零一分。富萍難免有點煩他，和小君一樣嫌他

「燒不酥」。但也明白光明不是個壞孩子，心眼還很實。就忍著，並不回頭，只是看男女演員化裝。演員們一邊化裝，一邊逗嘴。興化的口音和她家有些距離，略北些，就有些侉音，比她們家的話要硬生。總歸是大不離，說起來，又是她的外婆家，也還是親切的。那男角，捧了女角的臉，一筆一筆地替她描眉畫眼。兩人的臉都上了粉，粉紅粉白的，像兩張假臉，鼻子尖都快要對在一起了。但因為這樣的不真實，看上去就沒什麼膩歪，還很有趣。眉眼一點點顯了出來，鮮豔欲滴的，倒有些嚇人。富萍正看得出神，冷不防被人拉了一下，轉臉一看，光明的臉湊得很近，她嗅得見他嘴裏的魚腥氣，夾在頭油，面油的香脂味裏，很不舒服。光明說：已經六點四十七分了，下去坐位子吧！這一回，富萍沒管住自己，她猛一讓身子，離開光明遠些，不搭理他。光明有些急，說場子裏挺亂，都不按著座位號坐，他已經搭眼望過了，他們的位子叫別人占著了。聽了這話，富萍才悻悻地起身。她並不是怕沒座位看戲，而是不想與光明拉扯。

她隨著光明從大幕旁擠出來，走下木梯，耳邊立即壅塞了嗡嗡的人聲。因是從明亮的後台過來，場子裏的光線就顯得暗了。只見十數盞電燈底下，人頭攢動，這裏一堆，那裏一堆，起著糾紛。都是爭位子的，都直著喉嚨說話，結果誰也聽不見誰的，誰也不讓誰的。他們終於擠到他們的位子旁邊，果然都坐了人。這一回，光明買了四張票，他一張，富萍一張，四個小的擠著坐，兩張足夠了。舅舅反正不看，在上頭和琴師說話，小君也不看，要伺候她的朋友呢。可是這會兒是怎樣的呢？四個位子坐了有七、八個人，裏面只有一個自己人，孫達亮家老大，縮著身子擠在人縫裏面。光明過去就和人吵起來，卻無人理他，反問道：是你的座位為什麼不來坐？有一個還搡了光明一下。光明紅了臉，擼袖伸拳地要與那人講究。此時，場子裏的燈暗了，腳燈打上去，大幕前亮了一圈，戲馬上要開演了。於是，場子裏平添了一股緊張的氣氛。公公揮舞著一支巨大的手電筒過來了，在空中劃出模糊的光柱。「有種出去打！」公公嚷著，將光明和那人一同扭了出去。大幕拉開，碧綠的秧田在紗幕後頭一下子亮了，喧囂聲漸漸平息下來。富萍這才發覺自己一個人立在過道上，進不能，退不能，真是尷尬啊！這時候，身旁伸來一隻手，將她拉過去。扭頭一看，是一個老太，精瘦的，面色卻很清爽。她讓邊上的兒子，一個也是清瘦的，戴眼鏡的青年，朝裏擠了擠，硬讓富萍坐下了。

十三　請奶奶看戲

舅媽和富萍說：去請奶奶來看戲吧！算起來，富萍到舅媽這裏，已有十來天。離過年呢，也只有幾天了。不曉得奶奶那邊怎麼樣，也不曉得鄉下，孫子那邊怎麼樣了。想到李天華，富萍就低下了頭。這天下午，舅媽讓她在家守了一砂鍋冰糖肘子，自己往淮海路上，奶奶那裏去了。

舅媽穿了新做的藍布罩衫，領口翻出格子布假領。腳上穿了舅舅的新棉鞋，那種黑燈芯絨面，滾白邊，有氣孔，繫帶子的樣式。肩上背一個灰色人造革拉鏈包，是向小君借的。頭髮梳平挽在耳後，看上去就像一個幹部。她把見奶奶看作一件大事，很鄭重的。奶奶所住的淮海路，在他們住閘北的人眼裏，是真正的上海。所以，舅媽穿過棚戶間的長巷，遇著人問她上哪裏去，她就朗聲答道：

到上海去！去做什麼呢？人們再問。接小孩奶奶來看戲！舅媽回答。她走出棚戶區，走上馬路，到了車站。是星期天的下午，天呢，好得很。車站上人不多。這時節，年貨已經備齊了，都在家裏掃塵，醃魚醃肉，生煙囪爐燒水，大人小孩洗澡，就等著辭舊迎新。舅媽家裏也都差不多了，大人小孩的新衣服在櫃子裏疊著，一隻鹹蹄膀，一隻鹹腿，還有一隻風雞，都吊在院子裏竹竿上。夏天吃下來的西瓜籽，當時曬乾收起的，前天也叫大孩子炒熟了，還加了幾個白果，一把黃豆，封在了鐵罐子裏。舅媽去接奶奶，順便到淮海路上的商店買兩斤軟糖。這個年，就挑不出一點缺點了。舅媽想：要是奶奶願意，請她來吃年夜飯，就更熱鬧了。現在日子好過了，親戚也該走動走動。

無軌電車一站一站靠近奶奶那裏，舅媽的心也和奶奶更貼近了。她想見奶奶，還為了同奶奶商量富萍的事。她看得出，光明對富萍有幾分意思，只是看不出富萍的態度。自然啦，富萍是姑娘，她能有什麼態度呢？還是要做大人的出面。舅媽興興頭頭地想：過年就把孩子們的事定下來才好呢！舅媽從小在船上長大，出力做活，吃飯睡覺，生活簡單得很，她也看不出有什麼複雜的地方。當初是她看上孫達亮，直接就和大人說，大人勸她，孫達亮個頭矮，和她不相稱。她回答說：你們嫌他矮，我卻不嫌。大人又說：孫達亮要養老娘和哥哥呢。她說：我也不嫌。大人拗不過她，找人去說，一說一個準。結了婚後，果然很好。日子是苦些，可誰不吃苦？孫達亮且是個有志向的人，苦就苦得有名堂。這不，苦出頭了！哪裏是從船上到岸上？明明是從地上到天上。舅媽看世事雖然簡單，倒沒有出過錯。所以，這一天接下來的事，就有些出乎她的意料。但舅媽並不是那種不轉彎的人，她願意回過頭去，把事情從頭再想幾遍。再想幾遍，就發覺，原來是那樣的，怪不得呢！於是，一切又對頭了。

話說回去，舅媽興沖沖下了電車，往奶奶住的弄堂去。路上就遇到一家食品店，裏面滿滿地擠著人。她把肩上的背包拉到胸前，緊緊護著，擠到糖果櫃台。什錦糖有兩種價格，一種是軟硬摻雜在一起，一塊二一斤，再一種是純軟糖的，一塊五一斤。想到小三和小四專愛爭來搶去的，就不再猶豫，很爽氣地掏出三塊錢，買了兩斤純軟糖。兩斤糖裝進包，包就飽滿了許多。她擠出食品店，額上已出了一層細汗。街上的人多極了，大多手上拿著東西。街面上的店家，也都擠了人。車「行行」地在街心駛著，電線在陽光裏閃爍著亮光，像蛛絲一般。舅媽想：到底是「上海」啊，這般的熱鬧！她認出奶奶住的那個弄口，弄口也頻繁地進出著人。熙攘的人群裏，還有挑了熱水的挑夫穿行著，一邊叫嚷：開水，開水！桶蓋的木縫裏，冒出絲絲縷縷的熱氣。舅媽找到奶奶的時候，奶奶剛給兩個小的洗過澡，自己也洗了，臉色紅紅的，頭髮略有些亂，手裏提了倒空的木桶從浴間裏出來。兩個小的只穿了毛線衣，在房間裏踢毽子。大塊大塊的太陽光投進來，兩人的紅毛衣和綠毛衣，在黃燦燦的光裏面，格外的鮮豔。舅媽一看就很喜歡，拉開拉鏈包，抓出糖分給她們，一邊告訴奶奶，她是富萍的舅媽，來接她去看戲。奶奶的臉有些沉，說：我老了，不愛熱鬧，不看戲。舅媽沒有看出奶奶的不悅，一勁地相邀：不為看戲，只為玩玩，富萍在家燉肘子等奶奶呢！奶奶聽到「富萍」兩個字，不由軟下來，她嘆出一口氣，說：這孩子一跑就不來了，我如何向她婆婆交代呢？舅媽一聽這話，大感詫異，兩個眼睛睜得又圓又大。奶奶看她一眼，曉得她不是那種有心計的人，心又軟了幾分，便將她與富萍的關係一層層地說給舅媽聽。舅媽聽了，難免是有些失望的，但也慶幸沒有著急向光明挑明。她想，其實是問過富萍有沒有婆家的，當時她並沒有回答，自己就以為是沒有了。其實呢，這樣大的女孩子家，怎麼會沒有婆家？分明是自己呆，將女孩兒的害羞當了真。

奶奶交心交肺的訴說，感動了舅媽，她想：這真是個好奶奶，雖然她一點不像個奶奶，還顯得很年輕。就再一次請奶奶去看戲，還說看完戲，就讓富萍隨奶奶回來。這一回，奶奶鬆了口，說要看東家的意思，馬上要過年了，事情也多得很。舅媽就攛掇奶奶去同東家交道。其實奶奶也曉得東家好說話得很，不過是借一個託辭，擺一擺身分。兩個小的，站在一邊，早豎起了耳朵，一等她們母親同意奶奶去看戲，便一同攙上來也要求去。舅媽自然高興得很，攙住那小的手說：可不是嘛？也帶你們去的！於是，小的拉著大的，大的再拉著奶奶的手，四個人連成一串出了門。

四點鐘光景，太陽斜在棚戶的籬笆上。富萍打醬油回來，正要進院門，奶奶她們來了，兩個小的老遠就喊她富萍、富萍的。兩個小的都忘性大，早不記得富萍對她們的不買帳，只是看到許久不見的一個熟人在這裏出現了，就又驚又喜。富萍心裏倒一熱，再看奶奶臉上並無不悅，只略說她幾句：不該一去不回來，讓奶奶著急。富萍吊了一天的心，這時放了下來，對奶奶不由就比以往殷勤了些，嘴上也肯喊「奶奶」了。奶奶看她進來出去地替她沖白糖米花茶，又炒花生，還找了她舅舅的香菸敬奶奶，眼圈都有些濕了。想她畢竟是個孩子，能有多大的本事，攛上天去？自己恐怕是多慮了。舅舅，舅媽這兩口子已經有點叫奶奶喜歡了。舅媽是熱心熱腸的人不說了，舅舅雖然不多言多語，但卻十分誠懇有禮，喝茶，吸菸，就座，都讓奶奶先。家裏的孩子，一進門就挨個兒被逼著喊了奶奶，磕了頭，然後就帶了東家的那兩個，跑出去野了。那兩個小的，平時哪裏見過這許多同夥？又都是自來熟，一去就不露面了。鄰里早知道有個住「上海」的奶奶要來，這時都趕了來看。一看就覺著這奶奶比預先想的還要有身分，有氣度，於是便有些怯場，還有些激動。幾個年長見過世面的男人，坐下來和奶奶說話，女人們則站著聽，有手腳勤快的就去幫舅媽做菜。剁肉做獅子頭，切豆腐煮干絲，全是一色的家鄉菜。等天稍一黑，舅媽就著人把那兩個小的追回來，開了飯。又讓自家的孩子去劇場占位子，可不是怕亂搶位子嘛！這時候，光明正好來了，一聽說，立刻就要去劇場。忙到現在，舅媽方才想起還有光明這個人，心裏不由叫苦。但她終是個豁達的人，不是太覺著為難的，先讓光明去了，思量日後再向姪子說明。說到底，她也不信，光明這樣的，會討不到女人。

看孫達亮家的飯桌，就好像提前過了年。堆尖的盤子碗，通是濃油赤醬，紅亮亮的。那兩個小的，本來就饞肉，這一下可大飽口福。奶奶怕她們吃壞肚子，攔著，可怎麼攔得住？多少雙手搶著往她們碗裏夾肉。後來，奶奶自己也吃開了胃，什麼時候是人家燒給她吃的？又口口聲聲的「奶奶」、「奶奶」，叫個不停。記不得喝了幾盅酒了，只覺得耳熱心跳，心裏且十分快活。坐一桌吃著，站一圈看的，嘖著嘴，讚奶奶會喝酒，兩個「上海」的小孩也那麼會吃肉。等大人們放下酒盅盛飯了，他家的小孩子們才擠上桌來，就更熱鬧了。小孩子都是人來瘋，爭著搶著，比往日要多吃幾倍。他們方才已經玩熟了，這會兒就有些熟過頭，開始吵嘴，比著誰能吃肥肉。大人吆喝著，也不是真吆喝，反而鼓勵了他們。眼看著盆子裏刷刷地淺下去，見了底，堆尖了，再淺下去，見底。人們嚷道：孫達亮，還過不過年了！舅媽紅著臉膛，眼睛亮著：過！怎麼不過？天天過！這時，有人過來傳話了，說戲快開場了，人多得不得了，讓奶奶快去！於是，一夥小孩裏挾著新來的兩個，就向劇場跑去。奶奶跟在後頭，舅媽攙著一邊，小君攙著另一邊。此時，小君又出來了，左一聲奶奶，右一聲奶奶，問奶奶耳朵上的環子是不是金的，又問奶奶身上的棉襖是不是自己裁的？富萍落在後頭，孫達亮落在再後頭，這樣，拉拉扯扯一幫人進了戲院。

今天恰巧換戲，上演古裝戲《孟麗君》，觀眾更多，簡直擠塌天。光明占的大半排位子，漸漸叫人擠去了不少，好歹還剩四、五個座。光明左挪右移地堵著，也已經很危險了。一旦看見奶奶一行人進來，不由跳到座位上，揮著雙手大叫起來。他的頭髮亂了，黏在汗濕的額頭上，那奓著手腳的樣子也很好玩，奶奶就笑了。待他們擠過去，硬是坐下來，終於落定。奶奶伏在舅媽耳邊，笑嘻嘻地說：我看，你這姪兒和這丫頭倒是一對兒。她拍了拍胳膊彎裏的小君的手。小君沒聽見，只顧告訴富萍，她那小女朋友今晚什麼時候出場，穿怎樣的衣服。富萍卻聽見了，略略走了一下神，又回來了。舅媽心裏則一亮，想到底是奶奶，比她看得準。人聲還沒有偃息下去，鑼鼓就開了場。待幕一拉開，滿眼的羽衣霓裳，飛翠流麗。底下又是轟然。這是一齣文戲，人物多是俊扮，腮紅齒白，釵環叮噹，把奶奶她們眼睛都看直了。每到幕間，舅舅便欠過身來，與奶奶講解戲文。他講得很細，連前後觀眾都伸過頭來聽。講個差不多時，下一幕就開場了。

散場時，已過十點，隨了人群擁出劇場，又擁出院子，走到了街上。腳踩著石子路，啪啦地響成一片。分別走上幾條巷道，人群就稀疏了些。天氣很清朗，下弦月出來了，掛在高空。風略有些寒。看戲前喝的酒，這時醒了。看戲的興奮勁漸漸過去，人們放低了喉嚨，開始感到夜晚的靜。那兩個小的腳下已經在磕絆了，奶奶也感到身上有些軟。到了車站，大家都默了下來，在車站上站了一片。舅舅對奶奶說：要是不嫌棄，就拿他們當小輩，有事情招呼一聲，他們有人出人，有力出力。奶奶就說：他們已經是親戚了，可不是嗎？你們的外甥女是我的孫媳婦嘛！說到此，就回頭看了富萍問：富萍，你跟不跟我回去呢？富萍低了頭，說：那就回去。又停了一會兒，車才來。將他們送上車，再等車開了，站上的大人孩子便舉步向回去。走了幾步，一向沉靜的舅舅忽然揚起嗓子唱了一口，小孩子紛紛回應。電車開走了半刻，還聽見他們的聲音在靜夜裏迴盪。

車上很空，不過五、六個人。奶奶帶兩個小的坐一邊，富萍自己坐另一邊。小的，已經在奶奶懷裏睡熟了，大的也歪在了奶奶身上，兩攤泥似的。奶奶這時倒清醒了，對著窗戶，看見的是窗玻璃上自己的影子，眼梢裏有著耳環的一點亮。富萍眼睛對著司機的背，這是最末一班車了，司機轉動方向盤的動作有些急躁，趕緊要開完這一班車，好回家睡覺了。富萍有一時以為那開車的是光明，光明不也是這樣扶著方向盤，轉動時，背和腰就欠向一邊，又再回來。就在這一刻，富萍的頭朝前一磕。車停了，她們到了。

回來以後，奶奶將這晚上吃的飯，看的戲，以及舅舅舅媽這一家人，一一講給呂鳳仙聽。最後感嘆道：是好人，日子過得也不錯，就是房子破了些。呂鳳仙卻說：我曉得他們是好人，就是不曉得他們為什麼急吼吼地要把富萍帶走。奶奶辯解說：現在不是讓富萍回來了嗎？呂鳳仙就冷笑道：你這奶奶真好說話，他們「讓」富萍回來，他們要是不「讓」呢？這樣一說，奶奶也覺著自己好欺了。可不是，富萍干他們何事呢？他們忽然橫插進一腳來，是憑的什麼？那晚上帶回來的情義，漸漸寡淡了。但兩個小的卻無法忘懷這一回經歷，她們時時問奶奶這，問奶奶那。奶奶就說：我不知道，富萍知道，問富萍去。富萍也說不知道，奶奶說：你的舅舅舅媽，你怎麼不知道？富萍說：我爹媽死得早，沒人和我說，我怎麼知道？這就是富萍從那裏回來以後的變化，她會和奶奶頂嘴了。奶奶氣得厲害，提了聲音說：你不知道的人，怎麼能跟去了那麼久？富萍不說話了，氣鼓鼓的，漲紅了臉。有時候，奶奶和富萍心情都好些，奶奶就試探地問富萍，在舅舅家玩些什麼，遇見些什麼生人？富萍說沒玩什麼，沒遇見什麼生人。奶奶就又氣了：怎麼沒遇見？小君，還有光明，不是生人嗎？富萍也氣了，再回嘴：一個是鄰居，一個是親戚，怎麼是生人呢？富萍的嘴就變得這麼尖，原先還覺得她是個口訥的人。

臨近過年了，奶奶和富萍卻鬧得這樣不開心。兩人心裏都憋著火，一不好就爆發出來。這天，小年夜的下午，舅媽興頭頭地，抱著一個包裹，闖進門來。嘴裏喊一聲奶奶，又喊一聲富萍。富萍和奶奶都沒怎麼回答，坐著不動。舅媽並沒覺察，兀自將包裹扔在床上，打開來，一件一件往外拿東西：富萍啊，這是舅舅舅媽送你結婚的東西，奶奶不要嫌棄東西不好，都是粗東西，鄉下人也用得過去。一套大紅衛生衣，一雙大頭鞋，一紮白紗手套，顯然是船工們的勞防用品，但兩雙尼龍襪和一件棉襖罩衣卻是新買的。其中還有小君送的一件東西，手織的半截手套，勞動時可以戴。再就是一大包食堂裏做的白饅頭，是帶給奶奶吃的。奶奶和富萍都沒有往東西上望一眼，停了一會，富萍反而拔起腳走出門去了。舅媽一怔，煞住話頭，看看奶奶。奶奶低了頭推水磨粉，房間裏充斥著沉悶的石磨聲。舅媽說：我外甥女生我氣了。奶奶說：你外甥女是生我氣。這一回，舅媽聽出來了。她放下手裏的東西，說：奶奶你在生我的氣。奶奶沒說話，本來對舅媽生出了芥蒂，現在看到人，心又軟了。舅媽說：奶奶是怪我們當年不收養富萍嗎？可那時候多難啊！自己都保不住。於是她說起了那些年的難處。奶奶聽著聽著也出了神，嘆道：你們確實也不容易，可我並不是為這個怪你。舅媽又不明白了，說：那麼奶奶到底為哪一樁怪我呢？奶奶就說：你不該招呼不打就把孩子領走。舅媽還想辯解，是富萍先來找他們，她才來領富萍，那天不巧奶奶又不在，可奶奶攔住了話頭。奶奶說：這孩子，從你那裏回來，就變了，你看方才她，不高興，撂腿就跑。舅媽想到了她曾經打算給富萍介紹光明的事，不由有點心虛，轉開了臉。奶奶接著說：舅媽也知道，我要指望孫子養老的，我要是把孫子的媳婦搞丟了，我有臉見孫子嗎？說著，奶奶的眼淚下來了。舅媽見不得長輩的眼淚，臉燒得通紅，眼睛亮亮的，也要滴下淚似的。她拉住奶奶的手，說：奶奶，我錯了，我原是不知曉富萍是您孫媳婦，只以為直接是她一個過繼的奶奶，當時我確實想把我娘家姪兒介紹給富萍，可後來我知道了——聽到這裏，奶奶反拉住舅媽的手問：是那個梳包頭的嗎？舅媽點點頭，她看見奶奶眼睛裏包著的淚一點一點收了回去。

奶奶最終平靜下來，她理了理頭髮，握住小磨的木柄，繼續推起來。房間裏又響起霍霍的磨聲。奶奶說：鄉下小孩子，到底還是老實的，富萍也只是一時與我鬧鬧氣，並不會有旁的什麼心。舅媽此時只覺得自己闖下個天大的禍事，心裏直說：奶奶呀，從此再不敢來沾富萍了。她乾坐了一會兒，就起身告辭。奶奶說：舅媽把東西帶回去吧！自己留著用，富萍她有，我替她謝謝舅媽。舅媽連一爭都不敢爭，將東西胡亂打進包裹，提著走了。聽舅媽的腳步遠了，奶奶停下磨來，自己出了一會神。磨聲止了，外面的聲音就傳進來，小孩子已經放寒假，在弄堂裏玩，是踢毽子或者跳繩，腳底有節奏地拍在水泥地上，嘴裏跟著數：三十七，三十八，三十九。廚房裏，大約是隔壁的阿娘在炸魚肉丸，油鍋嗶剝地響。一個安靜，祥和的新年就要來臨了。

晚上，奶奶將磨好的水磨粉倒進紗布袋裏，吊起來，下面接一個鍋，濾著水。又把攤好的蛋餃蒸熟。赤豆淘乾淨泡在清水裏，明天一早好煮酥了炒豆沙。青魚已切成片，浸在醬油作料裏了。雞在院子角上的雞窩裏，咕咕叫著，又撒了一把米，殺雞的刀早已磨亮了。該做的都做了，已經十點鐘。她走出門，走到前排房子，呂鳳仙給她留了門，正等她。電燈照得亮亮的，桌上鋪好紙，墨也磨好了，要給奶奶鄉下的媳婦寫一封信。

十四 過年

年裏，有忙也有閒。從大年三十起，東家就開始請客。那些客人都是知道奶奶手藝的，進門就問：有沒有獅子頭？有沒有紅燒蹄膀？然後就寬衣脫帽，打仗似的坐到桌旁。奶奶一道道菜上，他們就一次次為奶奶喝采。奶奶是聽不得好話的，聽了好話就忘了累。有一日，一個客人喝醉了，夜裏就和先生睡一床，把師母擠到小孩子床上。第二天一早，奶奶就端上雞蛋煎糖年糕和酒釀圓子。這樣，他就又在家裏吃了一天，接上下一批客人，晚飯後才走。到了年初三，就閒下來了，輪到東家一家上別人家去吃了。這一天，奶奶就和呂鳳仙相約，去大世界玩。前一日呢，戚師傅又來修水斗，說他今年值班，到浦東吃了年夜飯就回來了，老婆和過房兒子都還在浦東。呂鳳仙說，大世界這樣的地方，要有個男人一起去好，就約了他也一同去。臨時又拉上阿菊阿姨，加上富萍，一共五個人。

這一天，奶奶穿上壓在箱底的駝絨夾襖，雖然略單薄些，但因天氣不冷，也正好。她又逼富萍換了衣服，從新買的衣服裏挑出那件紅綢棉襖。富萍本來是沒什麼心勁過年的，但到底顧忌著年裏頭不敢說敗興的話，勉強穿上了新棉襖，忍不住在鏡子裏端詳了一眼。紅綢面將臉映得紅豔豔的，頭髮呢，烏黑，奶奶又強著她別上一個翠綠的花卡子，真的很嬌呢！富萍不由害羞起來，趕緊從鏡子前走開，心裏卻生出一點喜氣。奶奶看著富萍讓過鏡子，頭髮遮住半邊臉，嘴角上有了一些笑影，心裏揉了一下，想道：一定要把富萍好好地交到孫子手裏。她從手絹包裹抽出一張五毛的角票，塞進富萍手裏。富萍不要，奶奶就說：是不是嫌少？就只好要了。祖孫二人又換了鞋襪，就出了門。

弄裏的地上，積著紅色的炮仗紙。天不亮時已經掃過一遍了，可到了這午後，又炸了一層。走上去，腳底下軟軟的，還有小孩子在點，一個一個零散的，一時響一聲，一時響一聲。走出小弄堂，就看見呂鳳仙和阿菊阿姨了。呂鳳仙穿了咖啡色女衣呢的短大衣，頸上繫一條綢巾，墨綠，橙黃與蟹青的渾花。阿菊阿姨穿的是織錦緞的夾襖，筆直的西裝褲。兩人就這麼醒目地站在午後的太陽底下，身後是女中操場的黑籬笆牆，看上去像一幅畫。等奶奶和富萍走攏來，大家彼此打量過，又取笑過，便一起向弄口走去。戚師傅會在大世界門口等她們。一是從八仙橋他家去是近路，二是他先去了好排隊買票。年初三，一般都在走親戚，街上的人似乎比平時還少些，又是剛過中午，就比較清靜。她們平時都是忙慣的，這時悠閒著在街上走，天暖暖的，真是愜意得很。她們仔細地打量櫥窗裏的擺設，看街上摩登的男女，電影院前的海報，又進到電影院前廳裏看明星的照片。談論道，她們哪一位同鄉人幫傭的大樓裏，就住了其中的一個明星。於是，聯想起在另一幢花園洋房裏，住著另一位明星，名氣更大，派頭也更大，每天汽車進汽車出。她們像女學生一樣，嘁嘁喳喳地說話。走出這家過去叫「巴黎大戲院」的電影院，就拐到橫馬路上，乘電車去了。她們先是爭著買票，爭來爭去，到底爭不過呂鳳仙，讓呂鳳仙買去了。然後就推讓座位，這回是呂鳳仙推不過她們，第一個坐下。過兩站路，有人陸續下車，於是，就都有了座。開始是分散的，又過了一站半站，再有人起來下車，四個人才聚到一處。一起扭著身子，看窗外的街景。時間到了下午的緣故，街上的人多起來。小孩子手上舉著鮮豔的氣球，不小心脫了手，飛上天去，在空中搖搖曳曳，最後落在電線上，像打了一個彩色結子。有裝扮十分濃豔的女人，披著長波浪，抹著口紅，西式長大衣裏是旗袍，足下踩著尖細的高跟鞋，在人群裏十分突兀，好像戲台上的人沒卸妝就走下來。她們看著街景，還牽掛著不要坐過站。不曾想，這一站下的人特別多，幾乎半車人都擁在車門。便不慌了，等人下了一半才慢慢從座上起身。

這邊，戚師傅已經買好門票，在車站上等著。車來了，撲落落下了一批人，又開走。就是沒有她們的人影。戚師傅的脖子都望瘊了。等到這一輛過來，又是撲落落地下人，眼看著要沒希望，卻見姍姍地下來這幾個，趕緊舉了票迎上去。迎到奶奶跟前，眼睛望著呂鳳仙，說：我以為你們不來了呢！奶奶閃過身道：怎麼會不來？呂鳳仙便向他解釋，四個人匯齊用了些時間，在路上東看西看用了時間，等車又等去了時間，於是就來晚了。阿菊阿姨和戚師傅不熟，只是笑笑。說著這些話，奶奶早已經走在前邊，一個人走到檢票口，背對著這邊，等大家上去。戚師傅趕緊跑前送票給奶奶，跑了幾步，又想起後面那幾個，回身來照應，弄得兩頭為難。今天戚師傅穿了一身海軍呢的人民裝，和平時有些不像，更加拘謹了。再叫奶奶這麼一耍性子，便手足無措，看上去挺可憐。呂鳳仙很知趣地拉了阿菊阿姨跟上去，富萍也跟了上去，戚師傅這才放開腳步追到奶奶身邊。五個人檢票進去，站在了哈哈鏡前面。

趁著大家照哈哈鏡笑，呂鳳仙湊在奶奶耳朵邊，小聲說：今天我請戚師傅來玩，看我面子，脾氣好一些。奶奶聽了這話，方才覺著自己失態了，被呂鳳仙看出，多少有些氣惱。但呂鳳仙不是戚師傅，是不好對她任性的，只得忍了。再看哈哈鏡，笑得就有點勉強。富萍躲在人後面，怎麼都不肯往哈哈鏡前站，生怕露醜似的。幾次想逃過去，卻叫阿菊阿姨抓回來，逼著她照鏡子。阿菊自己呢，走了一遭，回頭來再走一遭，呂鳳仙只得過來拖她走了。戚師傅看她們這麼開心，就笑著，眼睛卻不時往奶奶臉上瞟。想近前去和奶奶說話，又不知道說什麼，怎麼說，奶奶會不會更生氣。心裏徬徨著，腳底下也徬徨著，一會兒走前，一會兒走後。好在呂鳳仙有眼色，伴在奶奶身邊，同她說這說那，又回頭招呼戚師傅幾句。漸漸，奶奶臉色和悅了，戚師傅也難堪得好了些。阿菊拖了富萍走在後頭，她對什麼都感興趣，什麼都要看三遍。呂鳳仙是要嫌她煩的，奶奶看起來興致像是不大好，所以，就將富萍拉攏來，與她一起走。

戚師傅建議先走一遍過場，再挑有意思的仔細看，大家都同意。於是就跟了戚師傅繞著中央廣場，一層一層盤上去。四邊陽台的木欄杆上趴滿了人，看底下中央舞台上的雜技表演。只聽見人群不時掀起驚呼聲，偶爾，從人縫裏可看見有一個亮閃閃的人，飛魚般地躍起來，又落下去。後來，可能是雜耍的小丑登場了，人群中又爆出陣陣笑聲。阿菊被這情形撩得十分著急，拉了富萍試著擠到欄杆邊去，哪裏擠得進去，連邊都挨不著，還遭了人家的白眼。戚師傅過來說，這一場演完，人們走散時，可搶先占下位子，等著看下一場。阿菊便下狠說一定要早早占下位子，而且要占底下台前的正經座位。暫時擱下，繼續上樓，直上到樓頂。樓頂平台上也是人，可到底寬敞了。人們走來走去，俯瞰街景，小孩子四下裏奔跑，小販們兜售瓜子五香豆和棒冰雪糕，敲著木梆子，聲音在空曠裏散開了。大好的太陽照得晃眼，風很大，但不料峭，帶了幾分春意，暢快地吹動。他們站到水泥圍欄邊，看底下的街道。只一眼就不敢看了，心慌，離遠了些，再看。便看見連綿的屋頂，頂上的瓦，細鱗一般，齊整地排列著。不少窗戶洞開著，注進陽光去，含了一汪亮光。還有曬台，也盛了陽光。有一些牆破了，露出殘磚，光便把磚縫勾勒了一遍。晾曬的衣衫在風中很起勁地飄揚，有一條繫在晾竿上的魚，在風中折著斤頭。戚師傅跑去買汽水給她們喝，她們幾個背靠圍欄站著。燦燦的陽光下，她們這一群著實鮮豔得很。其中，奶奶顯得素了一些，可她的金耳環，她的黃白皮膚，她的朝後梳的，前面看起來像盤了髻的頭髮，卻藏著一股媚。所以，並不遜色。她們四個站在那裏，看一家子五、六個孩子玩捉人。這幾個孩子，彼此只差一、兩歲，都長著他們父親那樣的刀條臉，臉色黃黃的，但都很活潑。有幾次，那最小的奔到她們中間，硬擠進她們的腿後面，伸出一張臉，窺伺著他的哥哥姊姊有沒有向這邊來。他們的父親也穿著戚師傅那樣一件海軍呢上裝，卻舊得多，縐巴巴的。他雙手插在褲兜裏，因為怕冷，微微聳著肩，兩頁衣襟便像翅膀樣地支開著。風吹得他的瘦臉變了色，脖子上起著雞皮疙瘩，可他始終微笑著，看他的孩子們遊戲。他們的母親呢？原來站在背風的一面，頭髮全叫風從後邊翻上來的，鉤織花邊的女人，就是她。一寸見方的一幅花，鉤好一塊，就收進斜背著的人造革包裏，最後連起來，便是一塊桌布或者一條沙發巾。這對夫婦就是靠他們的手藝和力氣養活這一大群孩子的吧！玩了一時，父母親帶著孩子走了，她們這四個才發現戚師傅去了這許久還沒有回來。阿菊說應當去找他，呂鳳仙說千萬不能走開，一走開就誰也找不著誰了。奶奶則說隨他去，找不到就找不到。這時，戚師傅卻來到她們跟前，倒把她們唬了一跳。他兩隻手滿滿地抓著幾瓶汽水，都沒法拭額上的汗了。原來，他先跑了去打聽雜技什麼時候演下一場，然後再去買汽水。賣汽水的地方又不讓押瓶，一定要在跟前吃。他好說歹說，拿出工作證和十塊錢一起，才算答應給他押瓶。回來的路上，他又去雜技場看了看，所以就來遲了。

她們喝著汽水，下了平台，轉進木陽台。這時，雜技表演已經結束，人們散開了，音樂也止了。她們這才看見底下的舞台，通對著圓形的穹頂，四周環繞著陽台，一層一層上去，共有四層，相當壯觀。現在台上空著，上方纏結著一些電線和鋼絲，台前的座位裏已經坐上一些人，耐心地等下一場開演。四圈木陽台上，人們悠閒地散著步，從陽台的裏側傳出弦管的樂聲。阿菊被這樂聲吸引，對雜技的心就淡了。她吵著要看越劇，大家就進到裏面，沿了走廊，一間間劇場查看。有一間是演電影，裏面黑咕隆咚，場子倒挺空，只坐了大半。電影演的是家庭的故事，一個兒子要穿毛料衣服，吃過苦的父親高低不讓，她們不由被吸引住了，站定在那裏。戚師傅就趁機過來收她們的空汽水瓶，讓她們在這裏看，他去退瓶贖回工作證和押金。但關於毛料衣服的情節很快過去了，她們到底不大喜歡這種大白話的藝術，就走出來，站在走廊裏等戚師傅。阿菊是頭一回和戚師傅相處，與她們說：這真是個好人，對外人都這樣細心周到，對自己女人就不消說了。呂鳳仙因是知道內情的，怕奶奶尷尬，不好怎麼附和，倒是奶奶應了一句：也是個無事忙。過了一會兒，戚師傅回來了，問怎麼不看了。大家說不好看，接著一間挨一間走下去。下一間是遊藝室，擺了五子棋桌，撲克牌桌，屋子上方還吊了些彩紙，寫著謎語，讓大家猜，猜對了有獎。獎呢，就是一些歌片，明信片之類。大家一是猜不來，二是對獎品沒興趣，就走了過去。再下來一間，是書場，一男一女在說。男的撥一把三弦，女的懷抱琵琶。這一回，呂鳳仙和阿菊聽見了鄉音，格外地親切，倒是想坐下來聽聽。可奶奶卻有些不耐煩，說自己帶富萍到別處轉轉，把戚師傅留給她們使喚好了。可是待會兒，上哪裏去找她們祖孫呢？商量下來，還是先讓戚師傅跟奶奶她們去，待她們選定了地方，坐下，再由戚師傅轉回來告訴她們。這樣，她們就暫時分兩下子去了。

戚師傅帶了她們祖孫倆走了，有一時尷尬著，誰也不說話。走過一間劇場，裏面敲鑼打鼓著，三個人竟都沒有停步，走了過去。走了一段，戚師傅從口袋裏掏出一個紅封套，往富萍手裏塞去。他早就準備了這個，幾次想遞給富萍，卻遞不過去。一則是礙著呂鳳仙和阿菊阿姨，二則，這孩子一直冷著臉，他就怕她不要。果然，她是不要，掙紅了臉，躲閃著。奶奶也在旁邊說：你給她做什麼！他可真是難堪了，富萍就像和他打架似的，推著他的手，眼睛裏流露出一種驚恐的神色。後來，奶奶看他實在是窘極了，眼睛裏都有了淚光，才說：富萍，大人給你，你就拿了！不料富萍將摁在她手裏的紅包往奶奶身上一按，返身跑開去，遠遠地站著，紅包從奶奶衣襟上滾落到地上。戚師傅轉過臉，裝看不見，最後還是奶奶將它拾了起來。他們正站在一間劇場的門口，不知演的是哪一齣，只聽咿咿哦哦地唱。戚師傅囁嚅著：你們看戲，我去找她們。逃跑似地走了。

戚師傅來到時，呂鳳仙和阿菊也正有些不自在。書場裏聽書的多是些老書客，與台上兩位說書先生相熟得很，常常台上台下地搭話，插科打諢，又都是些暗語似的，別人並不明白。她們這兩個外人，聽了這一時也沒聽出什麼名堂，一看戚師傅來，二話不說就跟他走了。戚師傅領她們繞到方才與奶奶分手的地方，見祖孫倆已經坐進劇場。台上在演滬劇，是個不出名的區級劇團，演的又是現代戲，因此觀眾零落得很。人們走過，在門口觀望一時，再走過去。她們幾個坐了一會兒，也覺無味得很，商量要去尋一個好看的戲，從頭到尾看一場，就算不白來大世界一遭了。還是派戚師傅去偵察，她們先等著。台上那齣戲不知不覺中也演到了尾聲，拉上了大幕。這時，大約是下午四、五點鐘，大多的場子，在這時歇場。人就都擁到走廊和陽台上，人聲嘈雜起來。玩到這一時，四個人都有些累了，倚在靠背上養神，不說話。場子朝外的那一面的長窗，綽約映出霓虹燈管和鐵架的影子。這時候，窗上微微發黃，是夕陽斜射的緣故。場子裏開了幾盞日光燈，雖然亮，卻有些慘淡。人幾乎走空，偶爾有人伸頭看看，又退出。正人意闌珊時，中央廣場內奏起了歡快的音樂，小喇叭「噠噠」吹著，人心又激奮起來。

戚師傅帶來了好消息，說大劇場裏七點鐘開演越劇，《柳毅傳書》，是個什麼「芳」還是「香」的名角演的。大家振作了精神，決定到那裏去候場子。至於晚飯，還是勞動戚師傅，去買一些糕點來。於是大家趕緊起身，往那大劇場去，生怕占不到座位。果然，已經有人坐在那裏了。她們在前排坐下，開始湊錢買糕點。自然要爭一陣，戚師傅說他請客，大家說他已經請客了門票和汽水，應當大家回請他了。呂鳳仙又提議也不要算富萍的份子，因她還是個孩子。奶奶又不同意了，說富萍雖然是孩子，可不是有奶奶我嗎？爭了半天，富萍算一份，戚師傅則不算。後來，戚師傅經手去辦時，卻還是把自己算了進去。這時，她們各自交出錢，讓戚師傅再跑一趟腿，方才安下心來。無論外面怎麼熱鬧，都不干她們的事了。外面的天已經黑了，裏面則更加明亮，有些燈火璀璨的意思。大世界是個不夜天嘛！戚師傅買來了蛋糕，桃酥，豆沙卷，還有桔子，分給大家吃。現在，他也總算可以坐定了。看起來，奶奶也平靜下來。富萍只是別著臉，不朝她奶奶看，但有阿菊東一句西一句和她搭訕，就還好一些。這樣，他們靜靜地等戲開場。

燈又明了幾盞，穹頂上飄著一些大氣球，人比下午時又多了有一倍。小孩子騎在大人肩膀上，在人頭頂上往前移動。劇場裏，人已經坐滿了，黑壓壓的。幕裏面呢，偶爾漏出一點調弦弄管聲，幕底下的腳燈亮了一亮，又滅了。這時，富萍想上廁所了。呂鳳仙和阿菊指點她怎麼走，告誡她快回來，否則，人多，擠起來，占了半天的座位就不好說了。戚師傅本來是可以引她去的，但方才碰過釘子了，他都不敢同這孩子說話了。奶奶想起來跟她一起去，結果卻沒起來，臉色煞白著望了她擠進逐漸洶湧起來的人潮，喊了聲：快點回來！卻叫人聲沖散了。氣氛真是有些緊張了。

富萍按兩位阿姨的指點，下了半層樓，在樓梯拐角後面進了廁所。廁所裏排了隊，等了一時，好像聽那邊傳來了悠揚的女聲。她急也急不得，終於上了廁所，擠出來，按原路回去，不料卻沒有方才的大劇場。走廊是回字形的，圍繞中央廣場，她可能是轉錯了方向，其實堅持向前走終能走到。可她偏偏以為是記錯了層，原是上了半層樓，而不是下去半層。於是，她就回到廁所邊的樓梯下去了半層，再沿走廊過去。還是沒有。她轉身走了幾步，雜技場上的高音喇叭撲面而來，原來她走到陽台上去了。木欄杆就像下午那樣，趴滿了人。等她回進走廊，就真的想不起來，方才的劇場在哪裏了。這時她反而鎮靜下來，觀察了一下地形，發現只要沿走廊走，終能繞回走出來的地方。可她其實是錯了層，再怎麼繞也繞不到那裏了。她試著又下一層樓，這就又錯了一層。等她想起可能錯了層，再往上走，卻已經徹底忘了，她究竟是下了幾層了。她急急地走著，人越來越多，這是大世界一天中的高潮。她在人群中擠過去，踩了人家的鞋，又不曉得道歉，招來痛罵。她還感覺到，有人在她胸前摸了一把。這時，富萍完全喪失了信心。她渾身顫抖著，走下去，走下去，一直走到前廳，走出了大門。街道上奔馳著汽車，車燈和路燈輝映，形成一條燈河。富萍在燈河裏走著，頭頂是變幻的霓虹燈，耳邊是刺耳的喇叭聲。

鑼鼓開場的時候，奶奶她們一行四人魚貫出了劇場，上上下下地找人。她們四雙眼睛搜尋著，見到年輕的穿紅的女孩，就上前看個究竟。後來，看到不穿紅的年輕女孩，也要上去看看。漸漸地，便胡亂找著。許多臉都重複看見幾遍了，可就是沒有富萍的影子。奶奶撐不住了，她斷定是方才給紅包的事情激怒了富萍，她才賭氣跑的，就向戚師傅發作了。這一陣子，連愚笨的阿菊都看出奶奶和戚師傅不一般，不敢作聲。最後，呂鳳仙說：不如回去，說不定孩子已經在家了。

回到家，九點都過了，奶奶推進門去。房間裏黑著燈，兩個小的熟睡著，床沿上坐了一個人。月光照著她身上的紅棉襖，像個新嫁娘似的，可那身影卻惶悚得很，喘息不定，胸口起伏著。奶奶衝到嘴邊的呵斥，退了回去。

十五　年後

年初五，隔壁的太太死了。太太是阿娘的婆太太，過年正好八十歲。所以是按喜喪辦的，孫子曾孫子都戴著紅孝。寧波人最重禮，又是這樣的高壽，喪事辦得很隆重，奶奶就將富萍指派過去幫忙。

太太裹了一雙棕子樣的小腳，只剩有指頭粗的一綹頭髮，在腦後端正地盤個髻。她每天早起就坐在一張寧式紅木梳妝桌前，對了鏡子梳頭。這張紅木梳妝桌有年頭了，鑲貝和雕花的縫裏，嵌滿了灰塵。本是兩頭沉的樣式，中間一面蛋形的大鏡子，鏡子下面有一排小抽屜，放頭繩，粉什麼的，腳底還有一面踏板。現在，踏板往下彎得厲害，兩頭的矮櫃便向中間傾著，鏡子也模糊了。太太坐著的凳子，也不是原配的紅木凳，而是一張普通的方凳。太太從早開始梳頭，可梳到中午。梳好頭，她就等著媳婦給她端上菜。阿娘每天中午專要給她燒兩碗菜。年紀大了，口味變了，她一改寧波人嗜鹹嗜腥的習慣，而是非常嗜甜。牙齒沒了，就必得吃軟的。所以，阿娘給她燒的菜，就是那種爛熟甜膩的菜。太太梳好頭，就坐在桌邊吃這兩碗菜，很貪饞地湊到碗沿上，直接往嘴裏划。將這兩碗菜吃完，她開始午睡。這一睡就不起了，晚飯是阿娘端到床上給她吃的，比較簡單些。臉水也是端到床上給她洗。腳呢，一禮拜洗一回，時間在中午。吃好兩碗菜之後，阿娘打好洗腳水，放塊乾淨腳布在旁邊，太太自己洗。這可是漫長得很，鄰居家的孩子都跑過來看，可沒有誰能堅持到底的。太太把雙腳浸在一個黃銅腳盆裏，這腳盆也是老貨，太太專用的。盆比一般的盆要深，盆沿比較窄，因此，端在手裏，就有些像捧。太太的腳插在盆裏，一動不動地坐著，過一會兒，阿娘自會往裏添一點熱水。添到後來，水滿了，再舀出一些來，繼續添。看太太洗腳的小孩子，往往在這頭一個程序中就退卻了。

太太真是很老了，耳聾，眼花，牙齒幾乎全掉完了，背駝得厲害。可她就是有一股威風。她一個人在房間裏摸摸索索地活動，那蒼老，萎縮，畸形的身體，很奇怪的，一種凜然。這間房子和奶奶東家的房間並排朝南，窗外是院子，院子的門開在奶奶東家那邊。在他們窗戶的前邊，栽了一棵大梧桐樹。再有，鄰家的院子裏，依著這邊牆種了夾竹桃和枇杷樹。所以，就把光遮掉了。房間顯得比較暗，晃動著枝葉綽約的影子。房間裏的擺設很老派，和這新式里弄房子一點不相配。除了方才說的那梳妝桌，還有兩件紅木家具，床和桌子。床的樣子是像炕那樣的，應當叫榻吧！三面有床檔，兩頭矮些，中間一面高些，坐著，可及腰。同樣的，床檔上的一些貝嵌雕花裏邊，也藏了成年累月的灰塵。揭開墊被，就可看見篾編的床繃補了幾塊，顯然，補上去的篾條不如原先的，又破了。那張紅木八仙桌還保持原樣，只是顏色暗淡多了，桌面上的槽道裏，也有灰塵，還有一些飯米粒。八仙桌四邊，放著幾條長凳，原先在老家時，放灶間裏用的。一口櫃子，雖不是紅木，倒也是硬木的。最上面是一面擋板，扣著，放下來，裏面是一些瓶瓶罐罐，盛著豆酥糖，麒麟糕，牛皮糖什麼的，下面是抽屜。在房間的另一角上，支著一架雙人棕繃，是阿娘帶了孫子睡的。房間裏有一股氣味，很混合的。有年邁老人身上的捂熟氣，有被褥的隔宿氣，有地板，木器夾縫裏的灰塵氣，還有一股寧波人家特有的鹹鮝氣。這是一種有家世的氣味。

太太的丈夫原本在寧波地方上做一個小官，錢穀之類的幕僚。人很聰明，也心善，可惜壽短得很，不到三十就夭折了，留下太太和一個兒子。太太是個很有主見的女人，她沒有依著夫家讀書做官的傳統，只讓兒子讀了幾年私塾，然後就打發到上海，在一個親戚開的當鋪學生意。人家都說她命硬心也硬，但也佩服她有眼光，有魄力，還放得下架子。這兒子雖然是獨子，可從小在太太的威儀下生活，沒有一點驕矜，反是十分謙和，忍讓，要他怎樣就怎樣。獨身在上海，雖然是自家親戚，但到底是學生意，幸虧他會克索自己，也熬得下來，真就三年沒有回老家。又過幾年，他就成為一個能幹的朝奉了。這時，太太在家鄉已經替他找好了一個媳婦，就是現在的阿娘。阿娘是平常人家出身，家裏開個小糕團店，做一日，吃一日，過著勤勉克儉的生活。阿娘是個寡言的女人，長得很小樣，臉相很清爽，眉眼有些下垂，還不至倒掛，而是有點孩子氣，卻十分會幹活。滿滿一屜蒸糕，她雙手端住，腰微微一陷，手一轉，就翻過來，倒扣在案上。然後，手指頭敏捷地在滾熱的糕上點一遍，看有沒有蒸透。太太就是買糕的時候看中了阿娘，然後就派人去說。阿娘家哪有不允的道理？人家是做官人家，兒子又在上海做朝奉，新年裏回到家鄉，穿一件狐皮領子的大氅，戴一副金絲邊眼鏡。身子長長的，臉白白的，頭型是長圓型，嘴略有些雷公，和他父親很像呢！雖然在生意淘裏，卻十分風雅，到底出身好。下一個新年，就辦了喜事。成親後，太太讓兒子回上海，將媳婦留在自己身邊，開始做婆太太了。阿娘已經有了身孕，一直到生產那日，太太才是自己打的面水。她遣人叫來阿娘的娘來服侍月子，帶信給兒子說母子平安，不必回來探望。直到新年裏，嬰兒兩個月了，兒子才見到自己的頭生子。住過年，兒子回去上海，給阿娘再留下了身孕。這樣，五年過去，小夫妻倆在一起總共不超過兩個月，可是生下了五個兒子。這也是太太有眼光，她老早就瞄準了，阿娘的母親生下阿娘這個頭生女以後，連生了三個兒子。生養方面，女兒是隨母親的。其時，兒子在上海準備起自己的灶頭了。然而，卻得了父疾的遺傳，生了癆病。太太親自動身，帶著一個叫香香的丫頭，到上海去接獨生子回家養病。

船開出寧波港，駛上浩渺的海面，情景變得荒涼。太太坐在通艙的鋪板上，沒有合一下眼。太太不是沒有錢坐艙房，但她以為不值得。當年兒子走時，也是坐的通艙，她對兒子說：你是去學徒，不是去做官。後來，學出道了，為了面子，兒子才坐艙房了。現在，她坐在兒子坐過的船艙裏，艙裏壅塞著腳臭和口臭，還有鄉下人籮筐裏的鴨屎臭，體會到了兒子少時離家的苦楚。次日清晨，船抵碼頭，開當鋪的親戚曉得是太太親自來，便也親自去接。一路上太太沒有問一句話，黃包車一路拉到兒子住的，靜安寺路末梢上一條雜弄內。雜弄龐雜得很，伸出無數條支弄。有的支弄裏排列著還算正經的石庫門房子，大多卻是些板壁房屋，還有些北方民居那樣的雜院。那親戚引錯了路，進一條支弄，又兜出來。支弄逼仄得很，前後兩輛黃包車不容易轉身，慢了下來，太太的小腳狠跺了一下車板，那親戚才曉得太太心裏的急。

兒子住一間板壁房的二樓，一架木扶梯陡陡地擱在樓板邊緣。太太抬著小腳，自己登登地上去了。房間僅只有七平方大小，一張床，一張抽屜桌，一個板箱，再就是幾張方凳，一張擱火油爐，一張擱洗臉盆，還有一張空著供人坐。兒子躺在一床薄被底下，扁得像沒有似的。床裏邊的板壁上，敲了一排釘子，掛著兒子的幾套行頭，那件狐皮領大氅也在其中。還有一件毛葛的長衫，一套白色西服。衣服上都仔細地罩了布，防落灰的。太太是要兒子節儉，但沒想到兒子在上海過得這樣寒傖，連那親戚也大感意外。太太想起兒子每月給家中寄去的錢，現在已經要起新灶頭。這還不是最傷心的，最傷心的在後面。太太打發人去買回程的船票，雇去碼頭的車，自己和香香動手收拾東西。在三屜桌的抽屜裏，看見有一雙老大小時候穿的虎頭鞋，太太這才知道兒子有多麼孤寂。兒子的親子之情觸動了太太，她不禁失聲慟哭，擂著自己胸口反覆叫著：真正痛煞，真正痛煞！

回到寧波，太太將兒子安置在媳婦房中。以她看人的眼光，她知道媳婦是個清心寡欲的女人，不會讓兒子傷身。再則，兒子已經這樣了，就讓他享些天倫之樂吧！這是他們夫妻聚首最長的一次，相當幾年裏加起來的天數。因怕孫子受傳染，太太只許小孩子站在房門口，和他們的父親見面。房門口上了半截的柵欄，五個孩子擠在柵欄後面，媳婦蹲在床裏，扶起男人的上半身，點給他看：那瘦的，像他的，是大的；那矮胖的，是二的；不老實，老要動手欺別人的，則是三的；以下是四的，五的。男人說不出話，很吃力地微笑。點過一遍，全身上下已出了一身虛汗。一早一晚，太太都讓孩子到柵欄後面站一站，媳婦則在枕邊，大的，二的，數一遍，順便說出他們一些淘氣的故事。他們夫妻倆本是生分的，媳婦也是個不會來事的人，可做娘的說到孩子，難免就有些饒舌，絮絮叨叨的。男人很安靜地聽，渙散的目光此時聚了起來，顯出專注的樣子。這樣，五、六天過去，病人的精神倒矍鑠了一些，扶他坐起時，身子也不那麼沉了。全家上下竟都生出了一點指望。可是，事態已經無法阻止，他還是頹敗下來。最後的十多天裏，已經扶他不起，他側臥枕上，眼睛對著柵欄後邊五個孩子。這個生性柔弱的男人，特別憐憫弱小，可他卻無法撫育他們了。

兒子死了，太太沒再哭，她一夜一夜地不睡，吸菸，菸蒂扔了一地。兒子還沒有出七，太太就做起了高利貸。後來，她被鄉人們咒罵「傷陰騭」，就出於這。其時，日本人占領了上海，南京，杭州，水陸路都不通暢，銀行，錢莊變通就不靈了。一些小本生意的店家要調頭寸，難民要生活用費，還有寡婦失業，家有急難事的，市面上很缺現錢。太太卻有。丈夫給她留了一筆，兒子留下一筆，還有月月寄來攢下的，媳婦帶過來的嫁妝，雖是小家小戶，可因是高嫁，生怕女兒受委屈，所以盡心盡力，媳婦進門後，就交了婆婆。花銷是有的，可是太太樣樣克緊，還是進帳多，出帳少。這時候，太太就活絡了。太太早年讀過兩年私塾，學來的字正夠寫借據。借據按著時間先後，收在梳妝桌鏡子底下，放桂花油的小抽屜裏。不用看，太太心裏一清二楚。日子一到，她在家等半日，還錢的不來。中午時，她梳好了頭，換一件乾淨衣服，就上門去了。給他下半天去籌錢，晚上無論如何都要平帳。要是求她寬限幾日，她就說：我一個女人家，兩代寡婦，五個黃口小兒，吃一份老本，怎麼寬限？人們卻並不把她當女人，覺得她比男人還狠。要是再看不到錢，她就帶了香香去翻店搜屋，略有像樣點的東西就帶走。她是連吃飯人的鍋都敢端走的。香香這丫頭，跟她多年，也練就了鐵石心腸，一點不手軟。太太一聲令下，她拿起就走，有太太看不見的，還提醒著。她終身未嫁，一直跟著太太，是這家的功臣。家中的孫輩稱她香伯伯，曾孫輩稱香外公。可到底沒有太太命硬，走在了太太前面。

幾年下來，太太徹底壞了名聲，連阿娘的娘家都不敢同女兒來往了。小孩子走在路上，會給人扔石子，絆跤。門上，經常被張了下流的帖子。有一日夜裏，有人摸到太太的房前，對了窗戶放了一鳥銃火藥。這一下，把太太驚得不小，她沒想到，鄉人們與她結的怨，會這麼大。她心裏不服：我幫你們解難，當是你們的恩人！人窮極了，真是沒有道理講了。此時，日本人已經投降，大孩子也到了當年他父親出去學生意的年齡，於是太太就做出了決定，舉家遷往上海。太太向來是個說做就做的人，這麼想定，立即收討債務，變賣房產，打包裝箱。一週之後，就登上了去上海的輪船。

到了上海，太太通過一個發跡的寧波人關係，在新閘路頂下一幢石庫門房子，做起了二房東。照理說，做二房東是可以坐吃了，但太太卻不肯。她給大孫子找了家浙江人開的蔘店做學徒。因二孫子比較有腦子，又聽說做古董有前途，就找關係想送他到廣東路古董行做打雜伙計。可二孫子卻不像大孫子那麼好說話，他硬是要讀書。又是不吃飯，又是剪破手指頭寫血字據：二十年後定歸還祖母學費，膳宿費！鬧得不可開交。太太看這是個有性子的孩子，就依了他。可不是嘛！還是依他依對了。後來他一直讀上去，讀的是機械，在大隆機器廠做了工程師。太太，阿娘就是跟了他生活，享他的福。有了二的這一鬧，底下幾個，太太也不便管，不想管了，要不說她厚此薄彼呢！到了孫輩身上，太太到底手軟了些。再說，太太是個識時務的人，這時代，又是在上海，小孩子都興受教育，她就讓他們受教育吧！她自己，還不想閒著，裝了架電話機，跟著一個金號交易所的同鄉，炒起了黃金。後來，在金圓券的兌進兌出之中，賺來的錢全賠了進去，可比起別的小戶散戶的傾家蕩產，她亦可算作是賺了。其時，也到了一九四九年，太太已經六十五歲。算算看，手裏的積蓄足夠用到孫子們出道，贍養她了，這才歇下來。這就是太太的一生。跟她一輩子的心腹香香對太太說：老太太是威風凜凜的一世人生。太太謙虛道：你忘了我在靜安寺路的那一場哭？香香說：那是金剛落淚。太太就扁了扁嘴。

來弔太太喪的人很多。自家的子孫一幫，遠些的親戚一幫，同鄉再一幫。房裏統是邦硬響亮的寧波話。房間裏擠不下，就散在外面。曾孫們腰裏繫著白麻布，頭上的孝帽頂，綴著紅結子，在弄堂裏奔跑，點炮仗。吃飯要分幾撥，小孩子專在弄堂裏開一桌，由富萍照應。幸好有備著的年貨，要不，臨時去買也供不及的。人們都說太太的福氣好，走在熱火火的迎財神的時辰裏，什麼都不缺。雖然人已經送去殯葬館了，但家裏還是依舊例守靈。小孩子都驅回家睡覺，留下孫子們守夜，圍了八仙桌打撲克。阿娘為他們做夜宵，前半夜一餐，後半夜一餐。後半夜這一餐，一個個就瞌　懵懂，湯圓都要送進鼻子去了，撲克牌也撒了一地。阿娘把五個又長又大的兒子搬上床，橫七豎八的，自己坐著看，越看越喜歡。他們小時候的模樣歷歷在了眼前，一歲一歲地長大，長到了現在這樣。過去的日月也跟著在眼前走一遍。這都是太太打下的天下啊！天一點一點亮起來，隔壁的門響了。過一會兒，自家的門也響了，富萍探進頭來問：今天做些什麼？

大殮這一日，阿娘家做了三大鍋豆腐羹，鄰居們都來討豆腐羹吃，要分享太太的福氣和壽數。人來人往，熱鬧得不行，阿娘家的門檻都要踏平了。富萍在灶間裏舀豆腐羹分給孩子們。後弄堂裏在放炮仗，一個高升躥上去，爆成幾瓣下來。還有那種噴火筒，嗞嗞地火花四濺，有幾下子正投在灶間的玻璃窗上，將窗戶映得彤紅。富萍臉紅紅地守著大鍋，鍋裏的蒸氣熏上來，眼睛就有些起霧。她很有權威地吆喝小孩子站好了隊，別擠翻了鍋，把過年的新衣服汙糟了。輪到奶奶東家那小的，她就多給了一勺，有人不服，她就說：我認識她，不認識你，就給你少。有嘴硬的小孩頂她道：又不是你的東西！她說：你這麼講，我連給都不給你了。她和小孩子對著嘴，心裏是快活的，勞動使她意識到自己是個有用的人，在哪裏活不下去？新年到底也給了她新希望，誰知道會有什麼樣的事情發生呢？

第二天清晨，富萍起了一個早，在後門口掃地。昨晚放的炮仗，又積了一地的碎火藥紙。還有瓜子殼，花生殼，橘子皮。她仔細地掃著牆角和陰溝，把垃圾掃成一堆，再進灶間去拿畚箕。太陽沒有出來，風寒，有些凍手，可凜冽的空氣使人呼吸舒暢。年裏，家家都晚睡，晚起，這又輪上了星期日。阿娘家昨晚辦完了事，今天都睡懶覺了。弄堂裏只富萍一個人，真安靜啊！連麻雀的叫聲也聲聲入耳。富萍低頭往畚箕裏撮垃圾，有一雙腳進入了她的視線，是一雙穿了白襪黑鞋的腳。鞋是黑直貢呢面，尖圓口，鞋身瘦瘦的。她一怔，抬起眼，看見了面前的人。她猜對了，是李天華。

十六　孫子

孫子是應奶奶的招呼到上海來的。奶奶的信裏並沒有說別的，只讓孫子來上海玩玩，奶奶替他買幾樣東西，再同富萍一起回鄉下。但富萍遲遲不歸，直拖過了年，總是叫人犯疑。孫子還注意到，這封信換了筆跡，不是過去的幼稚的鉛筆字，而是一筆一畫的毛筆小楷，算不上什麼字體，可卻有一股鄭重的味道。裏面就好像藏了什麼事。孫子帶了兩隻雞，還有一個醃豬腿，是送給奶奶的東家。富萍叨擾了這多日，難得人家不嫌煩。他乘了一夜船，天濛濛亮時上了碼頭。這個城市還在睡，從喧嚷的碼頭走上街道，便陡地靜下來。能聽見，石子路面在他們這些外來人腳底下，清脆地敲響。商店都上著排門板，沿街住戶閉了門窗。有一個到給水站挑水的人，鐵桶在扁擔上「空當空當」地響，也沒打破靜寂。方才下船來的熙攘的人，由不同方向的汽車送進這城市蛛網密布的街道，一下子疏散開了。在碼頭起始站上車的人，陸續下了車，卻少有人上車，車漸漸空了。發白的天光中，樓房，街道，人，都變得平面，好像不太真實似的。孫子下了車，向奶奶住的弄口走去。他識路。彎過一個路口，路口有一個「四季春」飲食店。幾年前來上海，奶奶帶他到裏面吃百葉包油麵筋雙檔。沿馬路直走，要走過一個菜場。菜場與這條馬路相交，橫著延續有兩條馬路。今天，菜場也是安靜的，人們備足了過年的東西，年裏就不來買菜了。送菜的鄉下人，也可以略睡幾日晚覺。再往前走，是一所學校，從前是外國人辦的，樓頂上還有著耶穌和瑪麗亞的石像，從奶奶那裏都看得到。學校早放假了，透過鐵柵欄門，可見裏面空寂的操場。學校過去，有公寓樓，高大陰森的門廳，兩邊夾著些小店，此時也關著。接著就要拐彎了，連拐角上的文具店都還在。孫子轉過文具店，向東走，這裏有一個叫煤煙熏黑了的弄口，弄口有一個老虎灶，倒已經開張了。灶口裏的火熊熊燒著，在逐漸明亮的天光裏，火苗變成單薄的紅色，有些寒冷似的。現在，孫子已經可以看見奶奶弄口的街心花園。一切都和幾年前一樣，沒有改變，連氣味都一樣。街道上方飄著奶油麵包的烤香，生豆油的腥氣，女人頭臉上的香脂氣，炒青菜的菜焦香。路上還是沒什麼人，弄堂裏也很少人。彎進小弄堂，卻見有個人，穿一件天藍底碎黃花的棉襖，進來出去地忙碌。不曾想，這人正是富萍。

富萍轉身進了房間。再接著，奶奶出來了，兩個小的出來了，隔壁阿娘也跟著出來了。這一天，孫子就扎進了人堆裏，見了這個又見那個，應了這個又應那個。師母讓他進房間去坐，他又不願意。奶奶也願意他在灶間裏，陪她燒飯，好說話。灶間是三家人合用，奶奶，呂鳳仙，阿娘，各占一角。小孩子見來了新人，也都在灶間裏擠熱鬧，趕也趕不走。孫子是個害羞的人，被人看得頭也不敢抬起，耳朵根子都是紅的。富萍在人堆裏忽進忽出，連個背影都看不真切。吃午飯時，東家師母讓孫子一起吃，孫子不去，兩個小的一人一隻手地拉他。等孫子坐好，富萍卻死也不肯上桌，只得由她去了。吃完飯，略清靜了些，東家一家出去訪朋問友。奶奶問孫子要不要睡一覺？孫子說不要。要不要出去逛？也不要。祖孫就在房中坐著。富萍在灶間裏吃了飯，又洗碗，再不進房間。孫子問奶奶身體怎麼樣？奶奶說還好，就是手腳的關節不如先前靈活有力，尤其是陰天雨天，膝蓋這兒還隱隱作痛，大約是得風濕了。孫子說這就要喝藥酒。酒裏泡上藥材：桑枝，梧桐葉，丁公藤。每天喝一小盅，天長日久，定會好些。奶奶說：其實歸根到底，是老了，還能做幾年呢？怕是要成人家的累贅了。孫子就說：怎麼會呢？奶奶又不是沒有家的人，不是有我嗎？奶奶說：是啊，等孫子成家，奶奶就不做了。提到「成家」兩個字，奶奶和孫子都默了默，然後奶奶岔開話題，問家裏過年有沒有殺豬？回說殺了，賣了半爿，留下半爿，除了年裏吃的，還醃了好些。奶奶說：你娘也是，還讓你帶這麼個豬腿！孫子答：娘說，咱們擾了人家師母這多日，難為情的。奶奶說：這倒是！兩人又默了一下，再換了話頭說起隔壁太太的喪事。可惜孫子晚到一日，沒吃到老壽星的豆腐飯，一條弄堂裏的人都來討。孫子低頭笑道：這多難為情！奶奶說：這有什麼，福氣嘛！又說，今晚，隔壁阿娘讓你睡她家，和她孫子睡一床。孫子就說：她孫子肯不肯呢？奶奶說：有什麼不肯？我們就像一家人樣，太太辦事，富萍過去幫忙呢！終於說到富萍的名字，祖孫又繞開了。奶奶開始講阿娘的不容易，做太太的媳婦，一做幾十年，幾十年如一日地供奉著，好像供奉菩薩。像太太這樣強硬的老婆婆，做她的媳婦難不難？不像你娘，性子像棉花，做她的媳婦可是好做。就好像世上江河通大海，什麼話頭一提起，終會通到富萍。通到富萍，兩人就小心翼翼地繞開。下午，富萍還是沒有露面。晚飯，呂鳳仙硬要孫子在她那裏吃。她特意做了幾碗精緻菜，鋪排在灶間她那一角的方桌上，自己則一反常例，陪孫子在這裏吃飯。奶奶說：孫子，你好大的面子啊！這回，富萍就又進到房間裏去了。

晚上，奶奶讓孫子在灶間洗好手腳，帶他去阿娘家睡覺。自己就和阿娘在燈下做針線，聊天。大事情辦過了，這會兒很清靜，阿娘精神很好，和奶奶說些太太的往事。說了一時，再回頭看，床上那一大一小兩個孫子已經睡熟了。那小的已經十歲了，芋艿一樣長圓的頭，嘴也是雷公那樣包著，眉眼很細巧。他特別和人親熱，胳膊勾住孫子的頸脖，孫子則摟著他的小身子。兩個孩子臉貼了臉睡著。奶奶和阿娘看他們的睡相，兩個都是清秀溫柔的孩子，姑娘似的，真是好看啊！

孫子比富萍還小一歲，過了年才十八。要在上海，只是個中學生。現在，他卻挑著家庭的重擔。他還不懂男女之情，所以，其實也並不感覺富萍對他有什麼吸引，可他懂得父母的疾苦。他曉得，他們這個爛攤子的家，就靠他了。他要早日娶進媳婦，媳婦是他的幫手，是過日子的幫手。當然，他也絕不反感富萍，單是富萍應下他這個人，就叫他對她有了好感。他想：他有什麼好呢？事實上，許多姻緣都是這麼結成的。就像富萍從沒有正面看過他一樣，他也沒有正面看過富萍。這次來，在後門口，那一個不期然的照面，可說是他倆第一次正眼看對方，但立刻閃開了。可富萍在孫子心中，卻是鮮活的。那也是因為一個基本的理由：她是他的媳婦。這個年輕人，對他的命運是馴順的。不能簡單地看作軟弱，其中有著一種負責的精神，有時候，是相當堅韌的，甚至要比反抗更為強大。關於富萍遲遲不歸，鄉裏人有著許多議論，孫子也是不安的。現在，看見了富萍，心便放下了一大半。富萍比他想像中，還要少變化，沒有學城裏人，甚至有些鄉裏人那樣燙髮，穿的還是鄉裏的衣服，偶爾耳邊吹過她幾句話，依然是熟悉的鄉音，依然是那樣過分固執地迴避他。可是，他看得見富萍的內心嗎？他們彼此了解得那麼少，幾乎是兩個陌生人，連表面的認識都難說，哪裏談得上內心呢！

下一日，大人們上班去，學校開課，小孩子都上學去了，周圍清靜了許多，孫子就自在些了。富萍呢，經過上一天，有些習慣孫子的到來，也自然了點。甚至，中午，奶奶和孫子帶東家兩個小的，在一張桌上吃飯，她也上桌一同吃了。吃過飯，奶奶讓孫子脫下毛線衣，叫富萍將兩個爛了的袖口織一織。富萍從奶奶的針線笸子裏撿了兩小團顏色相近的剩毛線，坐到小院子裏，織去了。太陽熱烘烘地曬著，將毛衣上孫子的氣味曬得蓬蓬鬆鬆。她拆掉幾圈斷毛線，毛頭夾著灰塵飛揚起來，那氣味也飛揚起來。富萍低下頭，用竹針一點一點挑起來，續上新毛線。奶奶和孫子在身後房間裏說話，奶奶勸孫子在床上歪歪，孫子不願意，奶奶又不知說了什麼，孫子輕輕笑了。富萍沒回頭，似乎是，孫子被奶奶硬按在床上，他便順勢歪倒了，有一句沒一句地與奶奶搭話。此時，他說話的聲音變得有點慵懶，就更柔和了。隔壁的窗戶裏，阿娘的孫子扒著鐵窗欄，細著聲音喊：孫子，孫子！富萍壓著聲兇他道：「孫子」是你喊的嗎？奶奶問她和誰說話，她答：不和誰說話。奶奶說：我聽你在說話嘛！富萍說：沒說話就是沒說話。她倆對嘴時，孫子就靜著，富萍曉得他在聽她和奶奶說話呢！

第三天，下午，小孩子放學回到家，要讓孫子帶著看電影，阿娘的孫子也跟了去。奶奶讓富萍一起去照看著，富萍不去。奶奶罵富萍：死樣子，為什麼不去？還不快去！富萍就是不去，孫子帶了三個孩子走到弄堂拐彎處，停下來回頭望望，望富萍有沒有跟上來，然後才走了出去。孫子走後，奶奶問富萍：怕我孫子吃了你？富萍低頭不說話。奶奶又說：我孫子哪點配不上你？富萍還是不抬頭。奶奶就說：明天非叫你和我孫子看電影去！富萍埋著頭，奶奶低下頭去看她臉，她不禁笑了，趕緊把頭抵住膝蓋，不讓奶奶看。奶奶的手指頭重重點了點富萍的頭，咬牙道：真不知你在想什麼！停了會兒，奶奶嘆了口氣：我孫子老實，你可不能欺他！富萍抬起頭，臉紅紅地說：有你這個奶奶，誰敢欺他？奶奶說：你就敢欺他。富萍又說：他有一大家子人呢，我就敢欺他？奶奶再說：一大家子人，你也敢欺他！富萍從鼻子裏「哼」了一聲，起身跑了。奶奶點著她的背說：跑，跑，看你跑哪裏去！富萍不回頭，直跑到前房間小院子收衣服去了。

近晚時，孫子帶幾個孩子看電影回來了。進了灶間，奶奶問他看的什麼，好看不好看？孫子回說是海島上面，抓蔣匪特務的。說話間，不時看一眼，背對著在水斗邊洗菜的富萍。忽然，情不自禁地向上一跳，摸高上籃的動作，觸了一下門框的上方。奶奶說：這麼高興啊！孫子就笑。今天他活躍多了，露出一個十八歲少年的天真面目。他站在那裏，左右甩著手臂，告訴奶奶電影的情節。隔壁那孫子又過來問他算題如何寫，他便耐心地講給他聽。阿娘說：孫子有小孩緣，以後要有了自己的小孩子，不知怎麼樣歡喜呢！奶奶說：誰曉得以後怎麼樣呢！阿娘說：以後結婚，生子，奶奶變成太婆！孫子聽了這話，拉著那小孩子躲了出去。兩個老太婆相互使個眼色，一齊看富萍。富萍一直背對她們，這時將洗好的菜，排在砧板上，順著菜梗劃兩下，再橫過刀，刷地切下去，砧板「噹」的一聲響。

晚上，祖孫三人在阿娘房間裏坐了一時。孫子從貼身衣袋摸出三十塊錢，交給奶奶說：我娘讓奶奶買些東西。奶奶說：讓我買？讓你媳婦買吧！孫子光笑不說話。奶奶又說：你娘也是，牙齒縫裏擠出這麼點，人家也不放在眼裏呢！又轉向富萍：富萍，你婆婆給你錢呢。富萍說：不要。奶奶讓孫子自己去給，孫子大著膽子，把錢往富萍膝上的針線笸裏一擱。富萍沒料到，躲已經來不及了。孫子紅了臉，奶奶望了他說：死樣！孫子羞得沒辦法，一歪身躺倒在奶奶身後的床上。富萍也紅了臉。奶奶望著兩個孩子，看他們真是嫩得像剛出殼的筍尖，不由暗暗嘆了一口氣。過一會兒，東家兩個小的也潛過來湊熱鬧，三個小的，先是要孫子講故事，孫子不擅此道，奶奶替他講了一個。是曾經講過多少遍的，鬼扮新娘子的故事。阿娘也講了一個寧波老家流傳的事情，叫做「父子兩連襟」。講一個賢良的媳婦，死了丈夫，眼看夫家無後，就將自己的姊妹做媒給老公公。小孩子們聽得不太懂，就吵著要孫子唱歌。東家那大的還拿來自己抄寫的歌本，讓孫子挑上面的歌曲唱。孫子對唱歌有些興趣，卻不大好意思，只是一頁一頁地看歌頁。三個孩子一遝地催，最後才答應唱一支。還沒唱，孫子就紅了臉。那邊呢，富萍則錯了針腳。兩人都很緊張。又屏了一會兒，孫子終於唱了。他選了一首電影插曲：〈邊疆處處賽江南〉。樂曲曲折婉轉，不那麼好唱，第一句出來時，聲音顫抖著，調門也有些跑。三個孩子都笑了，富萍的頭已經埋到膝蓋上去了。孫子聽見孩子笑，反而豁出去了，就鎮靜下來。第二句明顯地好轉了。再接下去，就更自如流利，聲音也清亮了。原來孫子還是個歌唱能手呢！房間裏靜下來，大人小孩都專心聽孫子唱。他音切得很準，咬字則帶著濃重的鄉音，聽起來略有些滑稽，但他唱得很認真。孫子漸漸地把周圍的聽眾忘了，盡情地唱著，頭也抬了起來，眼睛正視前方。臉依然紅著，卻不再是方才害羞的紅，而是一種興奮的、莊嚴的神色。

一曲終了，氣氛大大地活躍起來。幾個孩子紛紛從歌本上挑選自己喜愛的歌，請孫子唱，孫子唱時便一起附聲唱道。奶奶卻說，新歌沒有舊歌好聽，要孫子唱一個舊的。孫子想了半天，才找出一首民歌：〈拔一根蘆柴花〉。因是揚州話唱的，便十分風趣，三個孩子就笑倒在床上，兩個老太也跟著笑，富萍則埋頭偷笑。這一個晚上過得十分快活，臨到散時，阿娘方才想起明天正月十五，元宵節。上海是不大講究的，要是在老家，比大年初一還熱鬧些呢！孫子說鄉下他們家也是熱鬧的，他娘要炸圓子，燉魚，他爹會紮燈，紮給他弟弟妹妹點。奶奶說，才來幾天，孫子你就想家了。孫子說不想，停會兒又說，家裏的事，他娘忙不過來，地裏也要有活了。

下一天，孫子就要去金陵路買船票。奶奶捨不得孫子走，但想想，富萍早應該回去了，再不回去，不知道會出什麼意外。拖了一天，就答應了。她塞給孫子船票錢，孫子不要，說出來時帶著有。奶奶高低要給，最後還是塞在孫子口袋裏。再下一天，孫子一大早走，直到中午，才回來。問他怎麼去那樣久，說是人多，排很長的隊，又是走回來的，就遲了。奶奶說：走回來做什麼，省幾個車錢？孫子就笑。下午，奶奶帶兩個小去補牙，留富萍和孫子在家。富萍在房間桌上糊一張靠子，孫子在外面收拾小院子。把雜草拔了，廢紙，枯葉，碎石撿在一起。奶奶晾衣服的架子，也重新紮緊了。中間和富萍說了幾次話，一次是向她要畚箕用，二次是向她討一些細繩子，第三次是問垃圾倒什麼地方。富萍就說你放著，我來倒。她打開院子的前門，就近去垃圾箱倒了。倒了一畚箕，孫子再撮一畚箕。來回有三、四趟，才把那堆垃圾倒乾淨。富萍盛了半臉盆熱水，擱在孫子面前，自己退回到桌子邊繼續糊靠子。孫子洗完手臉，自己倒了殘水，坐在對院子的門口，看那本大孩子抄的歌本，嘴裏哼著上面的曲調。他幹活幹熱了，脫了棉襖，只穿一件洗褪色的紅球衣，更像個正在讀書的學生。船票買的是兩天後的，五等艙，座位對號。晚上船開，第二日一早就到了。

太陽好得很，孫子唱幾句，就瞇起眼，看看陽光下的院子。方才除了雜草，現在可看見一些小蟲子在土裏拱，看上去，癢酥酥的。忽然，聽見身後富萍叫了他一聲：李天華！孫子頗為驚訝地回過身去，幾乎不相信自己的耳朵。富萍臉對著桌上糊的靠子，手裏的活停下了。孫子看見的是她的側面，眼睛平視著前面，有一股鄭重的意味。什麼事？孫子問。富萍遲疑了一下，然後堅定了決心，說：我們分出來單過。孫子就說：我父母親怎麼辦？他回答得很快，好像沒加思索，但他用了一個書面的詞：父母親。所以，就也有了一種鄭重的意思。富萍重新開始糊靠子，孫子又回過身子，接著翻歌本，但不再哼唱了。氣氛略有些沉悶，有一些嚴肅的東西，在這兩個年輕人中間生長出來，並且漸漸瀰漫開去。太陽斜過去一點，在院子的地上，切出一些陰影。隔壁男孩跟他阿娘去廟裏燒香，還沒回來，整幢房子都靜得很，弄堂外面的街道上，很遠，又很清晰地傳過來嗡嗡的市聲，間著電車的「噹噹」。富萍糊完了靠子，起身從孫子身邊走進院子，收下曬得綳脆的衣服。其中有兩件是孫子的衣服，也一併收下，抱進了房間。

因為早上起早了，孫子這天晚上就睡得早。才過八點鐘，已經睡熟了。富萍到阿娘房間來問奶奶要細針和絲線，師母請她幫忙縔一縔大衣羽紗裏子的散邊。奶奶一邊在針線笸裏找同色的絲線，一邊問富萍縔得好縔不好，否則還是等她來縔。奶奶找東西時，富萍看見了睡熟的孫子。阿娘那孫子的兩隻小手捧著孫子的臉，一大一小就這樣鼻子對鼻子，四隻眼睛合著，睫毛低垂，隨了呼吸微微地顫動。富萍迅速回過臉，接住奶奶遞來的針線，走出了房間。

十七　不辭而別

孫子終於沒有帶走富萍。

晚上就要上船了，下午奶奶遣富萍去買兩斤桃酥，帶給媳婦家那些討債鬼，富萍去了就沒再回來。打好的行李放在床上，連換洗衣服都在。奶奶給她買桃酥的一塊錢，放在針線筐子上面。孫子這回來，交她的三十塊錢，壓在包袱裏。但她自己的錢，一分沒留下。顯然，她是打算好走的。奶奶猜想她是跑到舅媽那裏去，她諒她舅媽不敢收留她，早晚是要打發回來的。可一天，兩天，三天過去，富萍一直沒有回來。開始，奶奶還想，去閘北把富萍找回來，可後來卻想：人回來，心不回來，有什麼用？孫子走時，很硬氣地說：咱們不求人家。奶奶流淚說：奶奶把你媳婦弄丟了。孫子就像個大人似地安慰奶奶：下一年，我定帶個媳婦讓奶奶看來。背過臉去，奶奶看孫子眼睛紅了幾次，卻沒掉下淚來，硬不讓奶奶送，一個人挑著行李，拐出了弄堂。想起一回，難過一回，心裏就發狠一回：富萍你要是回來，跪地求饒也不收你了！可富萍始終沒有回來。

富萍確是跑到舅媽那裏去了。除了舅媽，她還有什麼地方可去呢？舅舅舅媽出船去了，家中只有幾個表弟妹，見她來，並不多麼意外。上回她睡的閣樓還沒收拾掉，只是將鋪蓋捲起在牆角。她用抹布抹了地板，將被褥抱下來曬曬吹吹，重新鋪好了。吃過晚飯，她洗過碗，把小的打發上床，自己就上了閣樓。樓下幾個大的在背書，背一陣子，睏了，便也關燈睡下了。上回說過，這裏的夜降臨得很早，四周靜寂得很，月光從小窗裏瀉進來，亮堂堂的。屋脊下的一張蜘蛛網，絲絲發亮。富萍有一時懷疑地想：她這是在什麼地方？又有一時想的是：船開到什麼地方了？後來，她睡著了，好像睡了很久，醒過來，下面巷道裏有自行車「滋滋」的飛子聲，就像在她耳邊駛過。誰家的柴爿門噼喳地響，有女人高聲地說話。其實，才入夜不久呢！她再睡過去，忽又醒來，以為舅舅舅媽回來了。曾有一回，他們也是夜裏到家的，黃渡那邊船多，泊不下來，只得連夜趕回了。可並不是，是風，將一張硬紙從地上吹過去，刮出窸窣的聲響。睡睡醒醒，最後，月光收起來了，換了一種灰暗的光線，描畫出物件的輪廓。富萍曉得天明了，坐起身來穿衣，下閣樓。灰暗的光線裏，孩子們還在熟睡。她走過房間，推出門去，眼前豁亮了。低矮的屋瓦頂上，天空很高，灰白色的，沒有一絲雲，十分乾淨，均勻。空氣裏含著水氣，凍著手腳，吸一口進去，連肺都是涼的，卻十分新鮮爽利。富萍捅開煤球爐，燒上泡飯，然後開始洗漱。孩子們一個個起來了，房間裏有了一點熱鬧，巷道裏也有了點熱鬧。富萍到集糞站去倒馬桶，遇到些熟人，問她幾時回來的？怎麼沒見她回來？

這時候，天色發白，有一絲絲的亮透出。終於，在天際聚成一道金邊。太陽出來了。空氣中的水氣收了，還是有些凍，但已經不那麼尖銳。吃過早飯，富萍端了孩子換下的衣服到給水站洗衣。又遇到些熟人，讓開地方給富萍接水。看看她盆裏的衣服，說到底是孫達亮家伢子的衣服，一點不髒。有見富萍沒帶小板凳的，就抽出自己屁股底下的，給她，說自己這就洗好家去晾了。還有人叫富萍相幫著絞被單，床單。天好，來洗衣服的人不斷，忙忙地洗出來，又忙忙地搶太陽回去晾。新年的喜氣還留在人們臉上，人們回溯著大年三十的酒菜，誰家炮仗放得紅火，還有到「上海」逛去的小君幾個年輕人。他們搖了一只手搖船，沿蘇州河到外白渡橋，上到外灘，下半夜才瘋回來。就問富萍見小君沒見，富萍說還沒來得及，誰曉得她又瘋到哪裏去了。那問的人有些神秘地眨了眨眼睛，說：你們快要是親戚了。富萍正詫異她的話，不料卻另有一人，忽想起了什麼，對富萍說：不是說你去鄉下結婚了嗎？富萍臉刷地紅了，她端起衣服就往回走，心跳著，想：到底是知道了！孩子們都上學去了，小的那個出去玩了，院門開著。富萍閃進院子，將門帶上，擦了竹竿，一件一件晾上衣服。太陽要照進這偏窄的院子，還需有一個時辰。舅媽她什麼時候回來呢？富萍晾完衣服，將手掖在棉襖底下暖著，木了的手指先痛後癢，漸漸有了知覺。她將兩手一撒，橫下心來，管他呢！

下午二、三點時分，舅舅舅媽回來了，推門看見富萍，都一怔。舅舅沒說什麼，點頭，笑笑。舅媽的臉色卻變了。富萍到底有些膽怯，接了舅媽手裏抱著的被褥，拿到太陽下去曬，轉身替舅舅倒了洗臉的熱水，再去將中午的剩飯剩菜燒一鍋菜泡飯，端上桌來。這時，孩子放學回來了，紛紛喊餓，她又到鍋裏挖鍋巴塞給孩子，然後就提了桶去擔水。走在巷道裏，迎面遇上小君，也沒看見。小君呢？往邊一站，讓她過去了。下半天時間，富萍忙碌著燒飯收衣，舅媽插不上手，也照不上面。只看見富萍的身影閃過來，閃過去，不定得很。或者吆喝孩子洗手吃飯，不要打架，聲音比平時高，而且來得急。舅媽心裏有一百一千個問題，只是沒機會問出口。終於等到飯吃過，碗洗淨，小孩子上床的上床，背書的背書，孫達亮出門找人下棋去了。房間裏安靜下來，舅媽成百上千個問題已經歸結為一個，那就是：奶奶知道你來這邊嗎？

富萍起先沉默，後又被逼問了一遍：奶奶知道你來這邊嗎？就答道：我這麼大個人，丟得掉嗎？舅媽瞪大了眼睛：那就是不知道！隨即又嘆氣道：你三番五次往我這邊跑，奶奶當我和她搶人了！富萍頂嘴道：搶什麼人，搶外甥女？舅媽不由火起，擂了下桌子，亮著嗓門說：搶她孫子媳婦！富萍又回嘴：誰是她孫子媳婦？舅媽冷笑一聲：不是她孫子媳婦，你叫她奶奶？你花她盤纏來上海？住她東家屋裏？這就把富萍說癟了。舅媽看她的樣子又可憐，緩和了聲音：做人不能這樣，要講信義，人家待你不薄，在你身上花銷夠多了，退一萬步說，人家待你不怎麼樣，你應下的事也不能反悔，要被眾人指脊梁骨，罵祖宗八代！富萍聽到這話，站了起來，說：我是有娘生，無娘養的人，祖宗八代干我什麼事？說罷，轉身上了閣樓，留著舅媽瞪著眼在樓下，張著嘴說不出話來。一幫小的光聽她們吵，也不知道吵些什麼，只覺得氣氛緊張。便像受驚的雀子一樣，一嶄齊地抬頭望了母親，又去望頭頂上的閣樓。

富萍抱著腿坐在地鋪上，不開燈，周圍都是暗的。她將下巴抵在膝頭上，想著：舅媽要不留她，她再到什麼地方去？有一列火車過去，轟隆隆一陣響，房子都動了。然後是汽笛的銳叫，沉重的吐氣。富萍和舅媽吵開了，反而平靜下來，她再一次對自己說：管他呢！然後慢慢往後退到鋪上，脫衣躺下。剛想了一句：小君怎麼沒看見？便睡熟了。

這天晚上，輪到舅舅舅媽睡不著了。是留還是不留這個外甥女呢？留，是喪良心，幫著欺負人家。不留呢？方才富萍說她有娘生無娘養，分明對他們的怨很深，他們還能再得罪她嗎？隔了那麼多年，長大成人的外甥女來到他們面前，多少是使他們感到心虛有愧的。他們這兩個重仁義的人，今天真是碰到了一個棘手的問題。翻來覆去了一夜，第二天，再看見富萍，就有些不自然。舅舅本來不多話，點點頭過去了，舅媽則變得客套起來。原先是要吩咐她做這做那的，現在見她拿起什麼，就趕過去讓她放下。幾個孩子也變乖了，不等大人吆喝招呼，該做什麼，做什麼。一時間，地掃了，碗刷了，床單拿去洗了，菜，米，油，鹽，有人去買了，要補的東西藏起來了。等人走淨了，富萍一個人對著乾乾淨淨一個家，閉了下來。她跨著門檻站了一會兒，看著往下滴著水的被單子。院門開著，有說笑著的女人走過來，沓沓的腳步很響。富萍側耳聽了聽，腳步聲又過去了。富萍停了停，走出院子，帶上門，決定去找小君。

太陽和前一天一樣好，腳下的地有些軟了。誰家籬笆裏的迎春花，疏疏朗朗地開著小黃花。向東拐一下，再向南拐一下，一座三層的水泥房，就是小君家。小君媽在家，坐在太陽地裏，守著一報紙的陳米撿米蟲。迎著光，一時看不清人，非等富萍說出孫達亮的外甥女，才認出她。接著就問一句：嫁去成親了嗎？富萍裝沒聽見，就不回答，問她小君在不在家。她媽說：跟光明出船去了。昨天早上在給水站，那女人的一句話，這時在耳邊又過了一下：你們快要是親戚了！原來是這個意思，當時自己怎麼沒聽出來？富萍有些心跳，蹲下去幫小君媽從米裏撿出幾條米蟲。聽小君媽告訴她，小君現在申請了臨時工，等和光明結了婚，就正式在一條船上做。做幾年，有了額子，就可以轉正式工，他們家是三代船工，還不受照顧？又說，光明雖然大幾歲，可小君這種毛毛躁躁的孩子，男人大幾歲倒好，是過日子，又不是過家家，對不？然後，又添了一句：咱們就是親戚了！富萍說：那小君怎麼也不來了？她媽說：她不知道你來。富萍說：我這就來告訴她的，我來了，想來就來玩！富萍又替她撿出幾條米蟲，站起身，拍拍手上的米粉，走了。

下午，也是一個人。舅舅舅媽到隊裏開會，小孩子放學回來又去撿煤核。巷道裏的走動比上午時紛沓了些，可並不見人來串門。富萍的事情，只這一天半，人們都已經知道了，都有些避她呢！這多是些淳樸的人，遵守著做人的道德。他們雖然離開了鄉土，但依然對家鄉懷著親近的心情，家鄉發生的事情就像發生在他們中間。由於他們在這裏的社會擴大了，家鄉的概念便也擴大了。不止是某一個村莊，某一個縣份，而是一整個，操他們這樣蘇北方言的地區。富萍的作為，使他們覺得不光彩。而且，十分同情那個受她欺騙的青年。他們沒見過他，可是見過他奶奶呀！多麼和氣，多麼雅致的一個奶奶！見過世面，但同他們談起鄉里鄉親，又那麼談得來。不用說，他們對富萍有了看法，意見還挺大。這天，遇到孫達亮的幾個小孩子，就頗有諷意地問：你家大姊姊住下了？請她吃什麼呢？小孩子頭一低，走過去了，自此也對富萍冷下來。富萍坐在院子的太陽地裏，這會兒，院子完全罩在太陽裏了。她拿了一柄斧子，將一根引火柴，再慢慢地破開，破開，最後破成一把細木條。小孩子推門進來，將籃裏的煤核倒在牆腳，怕她碰似地聲明一聲：星期天我爸爸做煤基子！再拉門出去。門「砰」一下關上，又剩富萍一個人。她提起斧子，將那把細木條攔腰劈一下，用手胡擄起來，撒在木柴堆裏，起身進了屋。被單乾了，在風裏鼓蕩著，掛起了一個角。富萍並不去收，由它去，徑直上了閣樓。

晚飯是舅舅上閣樓叫富萍下來吃的，這也有一種隆重的意思。富萍當然不能和舅舅賭氣。她對舅舅始終抱著敬畏之心，所以本來不打算下來吃飯的，如今只得下來了。飯菜已經端上了桌，孩子們捏著筷子，等她坐定後，方才開吃。飯桌上沉悶得很，只有筷子碰碗的叮噹。偶爾，舅媽低聲嚷一句：慢，噎住了！倒是舅舅向富萍發問幾句，問：到上海逛了哪些地方？有沒有看過電影？在這樣尷尬的時刻，就需要舅舅出來調和了。富萍埋著頭划飯，回答著「是」或「不是」。舅舅又說吃菜啊！舅媽便往富萍碗裏撥菜，無奈富萍將碗拿得遠遠的，硬是不讓撥。最後舅舅說了句：讓她自己吃。舅媽才將菜碗在富萍跟前放下。一頓飯好容易捱過去了，舅媽剛站起身，孩子們就像一隊訓練很好的小兵，你拿碗，我拿筷，一眨眼，飯桌撤乾淨了。富萍並不去爭奪，只順手將幾張方凳送進桌肚裏。

這時候，小君進來了。

小君的樣子有了改變。長辮子剪短了，辮梢和劉海燙成蓬鬆的球。上身穿一件綠呢外套，領口繫一條喬其紗花巾。照理是很摩登，可事實上卻變得鄉氣了。一看便是光明的作用，他的審美觀現在落實在了小君的身上。雖然都說光明「燒不酥」，其實年輕的心都是開放的，嚮往著時新。小君看見富萍，不由就往燈影裏站了站。富萍說：我今天找你去了，問你來不來睡。小君先說來睡，後又說她二哥去「上海」學習，她要陪她二嫂睡。說罷，兩個人都沉默了一下。當初，她是知道舅媽給富萍和光明撮合的意思，後來，卻變成她和光明了。儘管她沒有一點責任，可總歸是彆扭。現在富萍又是這樣一個人地回來，小君多少以為自己有一些不對。她很年輕，在簡單善良的人中間長大，受著父母哥嫂的寵愛，實在是沒有多少經驗的。落在這個難堪的地位，恨不能事情不要是這樣，重新來過一遍才好。可她又覺得很幸福，光明待她很體貼。當然，有時候他過於溫存了，叫她很難為情。可畢竟是從小認識的人，不生分，很自然，很愉快地接受了下來。最重要的是，她將要有自己的小家，她必須要把自己的小家過好。這樣，她就變成一個勤勞，操心，負責，又略略有點嘮叨的女人。方才說她樣子有改變，衣著髮式只是外表，真正的改變是在這裏。她變得有些老氣了。

舅媽拉小君坐下，又拿出過年吃剩的瓜子讓她嗑，問她光明怎麼不來？一聽光明這名字，小君便紅了臉。舅媽也有些不自然，就忙著抓瓜子給富萍嗑，好像她是方才進門的客人似的。富萍反倒鎮靜下來，她很大方地問小君幾時辦喜事，她決定送小君一對枕頭，好不好？小君將頭埋在桌上，吃吃地笑。這才露出些以往的瘋傻樣子。富萍挑開了話頭，舅媽也放開了些，說著喜事的細節。新房怎麼做，酒席怎麼辦，光明送小君什麼東西。小君就說不要，又說自己家裏有。舅媽說：那自然是的，你家就這麼個寶貝閨女，你爸媽要好好地發送呢！這話刺了富萍的心，臉變了。舅媽覺察了，又收不回去，力圖要補回來，說：我們是富萍的娘家人，出門時也要好好發送的。這又是說不得的話，富萍硬著臉笑道：你發送小芬吧！小芬是舅媽最小的那個，也是獨生女，今年才六歲。吃了外甥女的嗆，舅媽也只好賠著笑幾聲。誰讓她是舅媽！坐了一會兒，富萍偶爾回頭，見窗戶外有個人影向裏探著，站起身推門出去。院子裏進來個人，雙手插在褲袋裏，晃著。一看，是光明。富萍說：光明怎麼不進來？一邊回頭對小君說：人家來接你了！光明低了頭從富萍身邊擠進了屋，喊他姑一聲，就在小君坐的板凳頭上坐下。舅媽說：富萍，你站著做什麼呢？富萍說她在看，雞窩有沒有堵好。看了一會兒，她才進來，坐好。

光明低頭側身坐著，又比以前壯實了一些。臉在燈影裏，看不清，但看見頭髮改樣了，不是原先包著的飛機頭。而是剪短了，比較瀟灑的分髮，大約是依了小君的要求改的。看上去是年輕了，也清爽了。舅媽和他談著隊裏的事情。調派船隻，交換垃圾定點，什麼的。小君也插上話來，發表自己的意見。她說話時，光明聽著，然後就笑道：你也懂？說多了，小君就反詰：我怎麼不懂？光明立即退縮：好，好，好！舅媽則撫著小君的髮辮說：她怎麼不懂？我這姑娘懂得很呢！說了一會，光明就說走吧！舅媽說：小君不走了，就和富萍一起住了！富萍聽見說自己的名字，一抬頭，正遇上小君朝她這邊看。兩人的目光對上了，不由都怔一下。小君掙脫舅媽挽她的手，跟了光明一同向外走。出門時，一隻手很自然地插進光明的臂彎裏，兩個人就這樣挽著手走了。

舅媽送兩個孩子回來，見富萍一個人在收拾桌子。將沒嗑完的瓜子裝回鐵罐，再把瓜子皮擼進畚箕。這一時，舅媽感到了對不住富萍，過去搶她的畚箕。富萍不由惱怒起來，將畚箕往舅媽手裏一送，轉身向閣樓去。舅媽也急了，不分青紅皂白，對富萍辯解說：你莫怪我，我原本是想把你說給光明，可是——富萍已經上了梯子，又下來，煞白著臉：舅媽你越說越不像了，光明干我什麼事？你又不是我娘，憑什麼把我說給什麼烏龜王八蛋！舅媽受了外甥女這般搶白，一時眼淚都激出來了，富萍眼裏也包了淚。四目相對著，終於移了開去。富萍上了閣樓，舅媽進到自己房裏。一個晚上又這麼過去了。

十八 舅甥

日子是難捱的。和舅媽吵了兩場嘴，彼此都傷了心，連話都不說了。明擺著是住不下去，可富萍還能去哪裏？心氣再強有什麼用？好在舅媽在家時間不多，和舅舅隔一日半日出一趟船，往返就要兩日。大多時間是，富萍守了一夥孩子在家。孩子到底是孩子，和富萍疏遠了幾日又隨便起來。尤其是大人不在家的時候，進門就問：大姊姊晚上吃什麼？偷起懶來，就把換下的衣服撂給大姊姊去洗了。這於富萍多少是點安慰，覺著自己不完全是白吃飯的。但她是個犟人，在面上還是對這些表弟妹冷冷的，並不與他們親熱。其實，孩子往往是大人的橋梁，通過他們，富萍很容易同舅媽和解的，舅媽又不是個難弄的人。而富萍卻不懂得利用這個機會。她不和孩子們多話，但該做的都做好。於是，他們就對她又害怕，又有些依賴。舅舅舅媽出船在外，把家交給她，總歸是放心的。有幾次，也想與她說句好話，可看見她的臉，又收了回去。事情就這麼僵著。

富萍和鄰里們的關係也僵著。倘若她能向人們訴訴苦，作一些解釋，也能爭取到理解和同情。但富萍自然是沒有這根軟筋的。她不再與人打攏，一個人獨進獨出。現在，她一到哪裏，本來人們熱熱鬧鬧在說話，這時便肅靜了。等她走了開去，再重新開始說話。但卻不是原先的話頭了，而是關於富萍的，聲音也放低許多。富萍也知道她們是在說她，心裏與她們更隔膜了，甚至抱著敵意了。小君再沒有來過。聽孩子們在飯桌上傳，說他們「五一」節結婚，出了正月，光明家就翻房子，磚頭已經拉來了。還說小君年齡不夠結婚，他們偷著改了戶口簿，登記完了再改回來。富萍讓大孩子去和他媽借點布票，轉眼老大就拿了來。她買了幾尺西洋紅的府綢，配了褐色的花線，開始給小君繡一對枕套。是呂鳳仙教她的花色和花樣。想起呂鳳仙，就像是上輩子的事了。富萍到底給自己找到了事做，心裏安靜下來。否則，這麼多的時間如何打發呢？

這一日，舅舅舅媽休息在家，舅媽自己去買菜洗菜。富萍並不和她去搶，上了閣樓，針針線線地繡枕套。忽聽舅舅叫她，說帶她出去走走，別老是悶在家裏。舅舅的話不能不聽，富萍放下繡花綳下了閣樓，跟著舅舅出了門。舅舅走在前，她走在後。巷道裏迎面遇上人，就問：甥舅倆上哪裏去啊？舅舅就說：隨便看看。甥舅倆走出這一片棚戶，穿過一條馬路，上了旱橋。這就是富萍頭一回來找舅舅時，在這裏站過的。現在看上去，似乎有了很大的改變。那屋頂上的炊煙，屋簷下晾曬的衣衫，巷道裏走動的人影，都比那時活躍，生動，也凌亂。這是因為，富萍對它們比較熟悉和了解了。她跟了舅舅走過旱橋，並不明白舅舅要帶她去哪裏。看上去，舅舅也不像有目的的樣子。他雙手背在身後，慢悠悠地走，遇到熟人，就站下來，互相借個火，說兩句話。有火車過去，白色的煙霧貼了旱橋那邊的屋脊，拖弋過去。白煙消失過後，顯出一嶄齊的低矮的屋頂，上面是遼闊的天空。這天空可真廣闊啊！富萍心中的鬱悶略好了些，她舒出一口長氣。

舅舅下了旱橋，走在了一條稍窄的馬路上。馬路前方是個道口，已經下了路障，紅燈一閃一閃，馬上要有火車通行了。舅舅在距離路障十來米遠的地方站住，對跟上來的富萍說：是過貨車，聽得出來。還沒等富萍來得及聽，車頭已排山倒海而來。街面劇烈地震動起來，白煙淹沒了街兩邊的矮房，一節一節的油罐車馳了過去。路障兩邊的行人都停止了說話，多少露出些被震驚的表情。巨大的車輪有力地撞擊著鐵軌，發出巨響。火車過去，鈴聲響起，人們回過神來，從緩緩舉起的路障底下越過鐵路。鐵路那邊，房屋零落了，漸漸地有了農田，也是零落的一塊一塊，然後就連成了片。地裏已經有了綠意，麥子露頭了。舅舅拐上一條小路，順著鐵軌慢慢走著，富萍跟在後頭。天空開闊，是與方才站在旱橋上的開闊不同，這裏的開闊帶著舒緩的起伏。而且，天空湛藍明澈，不像方才，有一層鉛灰色。總之，這裏的景色比較柔軟溫和，而方才，則有著一種硬度。

走過一個水塘，上面鋪著厚實的水草，岸邊有一條木舢板倒扣著，就好像陷在了草叢裏。舅舅站住了，等富萍走上去，指著厚綠的水草，問：你們叫這什麼？富萍說：水葫蘆。舅舅就說：水葫蘆只是水草中的一種，這一種和你同名呢，也叫「浮萍」，不過，音同字不同。舅舅蹲下身，拾根草棍子，在地上劃字給她看：這是「浮萍」的「浮」，這才是「富萍」的「富」。又問：讀過書沒有？富萍搖搖頭，卻沒有說叔叔家一大群孩子，怎輪得上她讀書？舅舅「哦」了一聲，丟下了手裏的草棍。舅甥倆相跟著走了一段，又看見鐵路了。是一個道岔口，停了一輛養路車。舅舅在路邊的一截水泥樁子上坐下，讓富萍坐在十來米遠的另一截上。然後從口袋裏摸出了香菸，點著，慢慢地吸。太陽已經很高，天空的藍色變得很淺，很淡，近乎透明。地裏的水氣蒸發掉了，變成一種偏黃的褐色。樹的枝條依然禿著，但略有些發茸，芽在萌動呢！兩股鐵軌像麻花一樣擰了一下，又撒開來了，並列向前，在視力終極處又合成一股。枕木的木紋清晰可見，底下的碎石，大小和形狀都很均勻，反射著白花花的太陽光。有幾片紙飄在枕木上，是哪個過路的旅客拋下來的。從他們坐著的地方開始，鐵軌兩邊栽著了白楊樹。樹顯然種下不久，樹幹細細的，也不高，卻筆直筆直，夾著鐵路，伸遠去了。舅甥倆隔了一段距離，坐在水泥路樁上，曬著太陽。看不見的地方，不時傳來噹噹的，鐵錘敲擊鋼軌的聲音，是養路工在檢修路軌。

舅舅終於站起身，撣了撣吹到衣服上的菸灰，向富萍示意了一個向回走的手勢。富萍便也站起了身。向回走，舅舅就換了一條路。先沿了鐵軌走一段，然後跨過去，走上一條小路。小路轉過幾間平房，彎上一條空曠的大馬路。兩邊有一些廠房，矗立著高大的煙囪，路上走著載重卡車。舅舅和富萍走一起，富萍本來不算高，只是中等個頭，但看起來，還要比舅舅猛一點。舅舅打量了富萍一下，笑道：咱家個頭都低，你大約是隨你父親。富萍說：不知道，我不記得他了。舅舅又「哦」了一聲，默下來，繼續走。橫街上，人就多了些，路邊是新村樣的房子。三層，或者四層，方型，連體，一行行的，樓房間的空地上栽著綠樹。街道略微狹了一些，分出上下街沿。富萍望望綠樹中的新村房子，說：舅舅為什麼不住這樣的樓？舅舅也看了那新村房子一眼，然後說：舅舅是船民，上岸不過二、三年，原是住船上呢！富萍「哦」了一聲，懂事地說：舅舅也不容易。舅舅就笑。富萍被笑得有些難為情，支持了一下，也笑了。

他們走入了一片棚戶，要比他們所住的那個規模小，房子也破舊低矮，甚至有一些是土坯茅頂的泥屋，巷道也逼仄彎曲。舅舅熟門熟路地在裏面穿著，穿到一個巷口的拐角處，石灰白牆上寫有「滷水」兩個字。門裏一張案上，果然有紗罩蓋著一盤滷味，統是豬頭上的物件：門腔，口條，耳朵。舅舅朝裏喊了一聲，出來一個老頭，穿黑棉襖，說北方話，很熟絡地和舅舅招呼。一邊順了舅舅的指點，從紗罩下抓起一塊門腔，在砧板上切成絲，用刀鏟起，推在油紙上，捲起，一掖，裹成一個三角包。舅舅讓富萍拿好，自己從口袋裏摸錢。老頭問：這是哪來的閨女？舅舅說：是我外甥女。老頭說：這麼大的外甥女！舅舅說：我姊姊長我八歲哪。接過找頭，舅甥離開老頭，繼續在棚戶間穿行。舅舅告訴富萍，老頭是河南人，他的滷水是從家鄉帶出來的老湯，據說已有三代子的歷史，在這一帶十分出名。說著話，就出了這片住宅，一抬頭，看見了旱橋。原來這已經離舅舅家很近了。穿過一條夾弄，夾弄兩邊是兩座工廠倉庫樣的大房子，就到了旱橋底下。走進門時，桌上擺了菜，正等他們吃飯。舅媽接過富萍手中的滷水，說：回來了？富萍答應了一聲：回來了。孩子老早等不及了，撲到桌邊。一家人團團坐下，吃飯了。

日子再往下過著，舅媽對她又和過去一樣了。街坊鄰居呢？也漸漸回到先前的樣子。這裏的人都是沒大有記性，事情過去就過去了。甚至有一個糊塗的老婆婆，來和舅媽提親。一提親，舅媽才又想起那樁做錯的事，她可不敢再惹這事了。富萍繡好了那對枕套，還鑲了荷葉邊。疊好了，讓舅媽交給小君。小君現在躲著富萍，富萍就不好硬找上去。舅媽撫著這對喜慶的枕套，想問一句：富萍，你打算怎麼？可掙了幾下，還是沒敢問出口。富萍已經成了他們家中的成員，她擔起了家務。有幾次，舅舅，或者舅媽有事或者不舒服，她就上船頂一趟工。她雖然不大會做，可她能吃苦，肯做，所以也頂事。舅舅舅媽把她替工的錢算出來，交給她，她總不要。硬塞下，她又去買了布料針線，給孩子們做了衣服。

這家裏，真有些少不了她了。可是，在心裏，她其實還是同他們隔得很遠。她的話依然很少，晚飯以後，她就早早上了閣樓。舅媽讓她和鄰家的女孩子出去看電影，玩，她也總是不去。也是，這裏都是早婚的，和她一般年紀的女孩兒，大多成了親。所以，能陪她玩的，就多是比她小的孩子。和她們在一起，更容易上心事，想到自己的將來。倒是和舅舅，富萍覺得比先前親近了。

她頂舅媽工，同舅舅一起出船。船走在蘇州河，岸上的樓房像拉洋片似地拉過。又像換片子一樣，換上另一番景色：遍地的油菜花，瓦藍的天空。她和舅舅都是寡言的人，大半天也沒幾句話，各做各的。可富萍卻覺得很自在。中午，喝了幾盅酒，現在，生活好了，舅舅有時就會喝幾杯，可從不過量。他喝了幾盅酒，略有些興奮，話就稠一些。他會向富萍說過去的事情，還有書上讀來的事情。有一次，他給富萍說了「大林和小林」的故事。當他說到王子的帽子，掛在了月芽兒的鉤上，富萍就覺著，舅舅真像個小孩子。而且，也把她當小孩子。這樣的故事，是該講給他家小四兒聽的。於是，她就笑個不住，幾乎噴飯，並不怕舅舅惱。富萍很少笑，所以，她笑起來的樣子就有些陌生。眼梢略略下掛，眼距本來就寬，此時就顯得開朗。嘴角咧開，有一些稚氣。她變得比較天真。午飯，總是在封濱靠岸燒了吃。封濱有戶人家，住河邊不遠，家中的人都是舅舅舅媽的朋友。那家的男孩子，要比舅舅家的老大長兩歲，常常捧了副陸戰棋，站在河岸，等舅舅的船來。舅舅吃過飯，就和男孩下兩盤棋。一大一小，坐在岸邊的地上，鋪開棋盤，四角壓上土塊，下將起來。他們愛下暗棋，富萍就給他們做公證人。為此，她學會了棋子上的字：司令，軍長，師長，士兵，等等。還學會了誰比誰大。下完棋，他們上船，男孩就低了頭，很惆悵地疊棋盤，拾棋子，然後一個人走進棉花地，遠去了。

和舅媽出船，不像這般有趣。富萍是個記仇的人，和舅媽吵過幾場嘴，舅媽不經意說出的話，卻是傷了她，心裏就種下了芥蒂。但舅媽快人快語的，一會兒叫她這，一會兒叫她那，就比較熱鬧。尤其是過夜時，她倆睡一床被窩，你擠我，我擠你，到底有些親熱的感情。夜又很長，沒有話也要找出話來說，有一回就說到富萍身上去了。舅媽說：你就和我們一起過吧，我們也沒有你這樣大的孩子。富萍立即說：我要小，你們就不要了？一句話又把舅媽噎了回去。但話說開了，總比不說好，之間的緊張就鬆弛了。停了一會兒，舅媽回過氣來，說：你就對我兇，對你奶奶，你敢嗎？這有些觸到敏感處了，富萍還是回了句：我不敢，我只敢跑。說完，向裏翻個身，臉朝板壁，蒙頭睡了。

頂工出船總是少數，大多的時間，是在家裏，照料幾個孩子。富萍從小給叔嬸家幾個弟妹吵怕了，就不大喜歡小孩子。不過她是在親戚家住慣了的，很會約束自己。所以，倒比舅媽自己做的還更周全。舅舅家不像叔嬸家，苦吃苦做，一年到頭，忙口糧就忙得直不起腰，還有雞，鴨，豬，羊，灶上灶下。舅舅家也不像奶奶那裏精細，針線茶飯，磨人得很。舅舅家吃穿不愁，也沒有多出來的講究。大鍋煮飯，大鍋燉肉，穿的多是隊裏發的工作衣，勞防服。小孩子的衣服總是老大穿了給老二，老二給老三，最後穿到老四。所以，家務其實很少，針線也沒什麼，閒工夫很多。富萍給小芬留了小辮，每天就多出一點事：編小辮，卻也打發不了多少時間。悶的時候，富萍就出門去逛。她常常是到上回舅舅帶她買滷水的棚戶去。這一帶沒什麼街市，自己所住的棚戶，她又對鄰里們有成見。再加光明家熱火朝天地正翻房子，一繞就繞到了跟前。再怎麼說與自己無關，心裏還是有點躲。她還不敢走得太遠，這一片可是比奶奶那裏荒落得多。到那邊的棚戶去，就正好。

那片棚戶過去為什麼沒去過？因為它是在這片住宅的背面。又與它隔了幾片廠房。平時，這裏的居民出行總是以旱橋為標記，不容易注意背面的街區。並且，這片棚戶比他們小得多，住戶比較雜，有江蘇的鹽城，射陽，漣水的，又有安徽，山東，河南的。不像他們這裏，幾乎一色是揚州，高郵，興化，操的是水上運輸。而前者幹什麼的都有：剃頭，磨刀，菜場裏販蔥薑，刮魚鱗。這就多少帶有了大莊瞧不起小莊的意思，也是沒放它眼裏的一個原因。這片棚戶是狹長的一條，有些像弄堂，但不像弄堂那麼齊整，而是相當凌亂。房屋一叢叢地擠在一堆，巷道七拐八折。但在低矮歪斜的屋簷底下，卻也釘著正式的，藍底白字的地址門牌。地名叫做「梅家橋」。過去，這裏是一個垃圾場，後來拾荒人在上面用蘆蓆蓋起了滾地龍。漸漸地，滾地龍翻成了土房，磚房，最終被市政認可為正式住宅。因此，這裏的居民就多是拾荒人出身。

走進去，仔細地看，會發現，在那破爛的房屋裏，藏著形形色色的營生。有一扇窗戶口上，放著兩個玻璃瓶，瓶中裝了紅綠彈子糖，還有一瓶是褐色透明的粽子糖。緊鄰的一家門裏，天不亮就蒸糕，熱氣騰騰，米粉發酵的酸甜味散布了整片棚戶。天亮，就放上一輛舊童車改裝的推車，去到前邊馬路口賣。一天中的其餘時間，則是在門前曬米，磨粉，再用一個石臼舂麵。隔一個巷口，住一個拔牙的，同時鑲牙。牙郎中的鄰居，終日在折錫箔。再過去，是山東人，到了年底，就會來許多山東老鄉，住他家灶披間裏，連夜製作炒貨。於是，濃濃的奶油味便散發開去。拐個彎，那家從事的工作類似板金工，將廢棄的鐵聽敲平，再敲成大大小小的畚箕。罐頭盒就敲成做蜂窩煤的模子。還有洗衣服的，到前頭機修廠收來單身漢的工作服洗。那工作服硬得可立在鹼水裏，散發的是汽油味。又有一家專糊鞋靠子，拾來的破布，洗淨晾乾，一片一片糊成靠子，一角錢一大張。可以看出，不少營生是從拾荒這一行中派生出來的，甚至還有人繼續操著他們前人的營生。在他們房前的空地上，就堆滿了拾來的雜物，一家大小手不停，腳不停地分撿著垃圾。廢紙放一邊，破布放一邊，金屬類再放一邊，皮革製品又放一邊，氣味十分複雜，是混合型的。這裏的營生，因為雜和低下，難免會給人腌臢的印象。可是，當你了解了，便會知道他們一點不腌臢。他們誠實地勞動，掙來衣食，沒有一分錢不是用汗水換來的。所以，在這些雜蕪瑣碎的營生下面，掩著一股踏實，健康，自尊自足的勁頭。它們從各種細節中流露出來。

富萍有時候，用舅舅舅媽算給她的工錢，去河南人那裏買老湯滷水。河南人已經認識她，叫她大姪女，還把她介紹給前後左右的鄰居。所以，慢慢地，這裏的人就與富萍熟起來。他們對富萍很友善，他們對外面來的人都有著謙恭的態度。但這並不等於說是卑下，而是含有一種自愛。有一日，富萍到梅家橋去找鐵匠，砸火鉗上的鉚釘。路上遇見一個老婆婆，吃力地提著一籃子煤渣，便接過來替她提著，一直送她到家。那老婆婆熱情地邀她進屋坐，她沒進去，從門口望見屋裏床沿上坐了一個青年，瘦削清爽的臉頰，那老婆婆也是很清爽的臉色。富萍覺著有些面熟，想了一會，才想起。有一回，在戲院子裏看戲，自己的位子被人擠掉，後來有一個老婆婆拉她一起坐，老婆婆身邊，坐著一個青年。原來就是這對母子。

十九　母子

這對母子，祖籍安徽，老家則在江蘇六合。那兒子小的時候，過了幾天好日子。他的父親是中國銀行的一名小職員，一家三口住萬航渡路上的職員宿舍。像他這樣的低層職員，雖然只有一間房間，廁所和廚房都是公用，可也是抽水馬桶，白瓷浴盆，管道煤氣。房內打蠟地板，落地鋼窗。那兒子，也是穿了開司米連衣褲，乘在帶遮陽篷的童年裏，由他母親推著去公園裏，在懸鈴木底下曬太陽。他母親呢，穿一身布旗袍，外面再罩一件對襟的羊毛衣，提一隻草籃，裏面放著絨線活。這一幅安謐的母子圖，是上海公園裏常見的情景。可惜，好景不長，他的父親患了傷寒，又治晚了，很快走了。撇下這對母子，一夜之間改變了命運。他父親是個才能平平的人，毫無升遷的指望。性格又拘謹保守，在行裏並沒結交知心朋友，上司同事僅只是例行公事地前來扶喪。當派來幫忙的幾名工友，抬棺要往徽州會館去時，那一口松木棺材卻沉得灌了鉛似的，無論如何抬不起來。這時，其中有一名老工友，就站了出來。他在棺材前面燒了一盆紙，說道：弟弟你放心，弟妹和小姪子我們一定會照應的。說也奇怪，然後再抬，就起來了。這一番情景，使得平時交情淡薄的同事們都唏噓起來。過後，大家籌了一小筆款，送給了新寡的女人。而那個對了死者發誓的老工友，說話算話，當真擔起了照料他們母子的義務。無奈他自己拖累也很重，到底不能贍養他們。過了幾個月，行裏委婉地提出住房的事情。其實，行裏就算不提，他們也極難再住下去。房租，水電，膳費，雖然有一筆撫恤金，還有同事的捐款，可坐吃是絕不夠的。所以，同老工友商議著，覺著還是回六合老家。他家算不上富戶，但有地有房，論起來也應當有他們母子的一份。家中兄弟也不是很多，再講，這又是個孫子，他們家的正宗傳人。於是，一邊給六合去信，一邊將這裏的東西典的典，賣的賣，賣不出價又帶不走的，就暫存老工友家中，日後再說。不多日，老工友就將母子兩人送上了火車。

六合的老家，是在縣城。鄉下有一些田地，土改時都分給了農戶。所以，一大家子，其實是靠幾個在鎮江，滁縣做事的兒子寄錢回來養著。本來，上海的這一個兒子，是家中最好的，和家眷一起在上海住，每月還給二老寄贍養費。這一下，少了一份進帳，卻多了兩個人口。開始，家中自然對孤兒寡母安撫了幾日，接下來，妯娌間就有了議論。覺著自家男人在外辛苦，倒養了人家的妻子兒女。再接著，婆母就嫌這上海媳婦不會做。穿了高跟鞋到河邊洗衣服，連人帶衣服掉到了河裏。又窮講究，大冷的天，還要給孩子洗澡。水是井裏打的，不要錢，可燒水的柴火，取暖的炭，不都是兒子們掙來的血汗錢？公公是個不管事的人，又有鴉片癮，自己都要看人的眼色，當然不會念及那死去的兒子多年來，一月不差地孝敬自己，現在理應恤孤。上海奔來的這對母子的日子，漸漸難過起來。冷言冷語不說，有時甚至吃飯不叫他們。他們因無人理睬，多是縮在房裏，等人叫吃飯，就出來吃。無人叫，就餓一頓。受著冷遇，母親就想著箱底的那一筆錢，心裏說：什麼時候受不下去，就回上海。然後，又鼓勵自己：再受一日吧，實在受不了就走！這樣，反一日一日受了下來。到了陰曆年，叔伯從外面回來了，嫁到鄰縣的大姑子，大姑夫也來了。那大姑夫是個生意人，其實是個掮客，跑南京，跑徐州，販棉花。夫婦倆是頭一回見這上海弟媳，倒很和氣，帶來的禮也有上海姪子的一份。夜裏，大姑子還到弟媳房裏來聊天。把這母子住寒的心，又暖熱過來。老人都是寵閨女的，閨女的態度放在那裏，就都得順著，老婆婆自然也對他們母子好了些。妯娌們呢，究竟是被各自的男人轄制著，也不好太過分。男人，又是掙錢的男人，總歸要大度一些。祭祖的一日，見那小小的孤兒，腿腳骨軟軟地跪下來，磕了頭，眾人心裏都是酸酸的。所以，年是過得不錯。吃飯有人喊了，小孩子有人領著玩了，大姑子和弟媳婦也做了伴。臨回娘家的前一夜，大姑子大姑夫一併來到弟媳婦房中，說出了合夥開鋪子的計畫。

大姑夫早就有這個打算，租賃一個門面，開棉花店，冬天賣棉花，夏天賣草蓆。門面看好了，店名起好了，進貨的上家也談得不差了，就是缺本錢。現在，他們就和弟媳婦說，她入股來，每季按利潤分成，這樣她不僅可掙幾個飯錢，小孩子將來讀書的費用也有了。就這麼一點死錢，坐吃山空，不如將它盤活了。她聽了覺得有道理，更要緊的是，大姑大姑夫待她這麼好，她真心想報答他們。所以就把那筆錢的十之七八拿了出來，交到大姑夫手上。大姑子一定是向婆婆說了這事，婆婆對她就一直保持了年裏的和緩，妯娌們也是。大家都等待著，大姑夫那邊發達，這邊就可以有進帳了。可是，進帳遲遲不來。先是說沒生意，後來有生意了，卻又缺貨。再就到了進貨的時候，貨又叫新政府統一收購了。第一年就這麼過去了。眾人怪大姑夫不會做生意，可礙著老人家的面子，不好說，就衝上海嫂嫂撒氣。怪她有錢不早點拿出來，買幾擔米也是好的。並且，她拿也未必全都拿了出來，一定還有私藏著的。這樣的說法多少要傳進婆婆耳朵裏，老婆婆不由就想：這是什麼錢？兒子的撫恤金，也該有老人一份吧！她當然不會去對媳婦說，可臉上就露了出來。於是，母子的地位又回復到了先前。接著，就到了一九五〇年，棉花店收歸國有，把大姑夫安到對過碗店做了店員。棉花店從開張起第一天就在虧，所以，資本核算極低，還了債務，剩下幾乎是個零。這樣，本來苦日子裏的一條後路，現在也沒了。

這一年，縣裏開一個織布廠，招工。上海嫂嫂去了，本來只想試試，不料竟招上了，做粗紗工。很好，苦是苦一點，可有工資。其時，妯娌們也都各自找了事做，小孩子大的上學，小的丟給婆婆帶，老婆婆能圈住他們就算不錯了。這一天，上海來的這一個發燒，老婆婆給他喝一碗薑湯，捂在被子裏發汗，就完事了。他母親下了工回來，也覺得不要緊，再喝薑湯，再接著捂汗。燒了幾天，終於燒得抽起來。好在，當時正有個解放軍的醫療隊在這裏巡迴醫療，連夜送了去看，診斷是小兒麻痺症。病治好了，可是殘了一條腿，所剩下的一點錢也花光了。織布廠呢，生產了幾個月，技術上不去，改為紗廠，專為南京，上海的布廠提供粗紗。像她們這樣結過婚，年長的女工，便都讓退了職。想再找個事做，哪有那麼容易。孩子且到了上學的年齡，家裏人都說，一個瘸孩子，上什麼學！做母親的則想：一個瘸孩子，不上學更不行！到底是大地方待過的，曉得為孩子的將來著想。山窮水盡的她，便給上海那老工友寫了一封信。老工友立即回了信，還寄了盤纏。她是曉得老工友的家境的，便知道這份情義的重，也知道她這個決定的分量。她抹了一把眼淚，轉身就收拾了東西。踏出老家的大門時，上海嫂嫂已經是一個堅強的女人了。

老工友到火車站去接他們母子，幾乎沒認他們出來。那母親穿了藍布衫褲，頭髮在腦後草草地別起。三十來歲的人，臉上已爬上了粗糙的皺紋。兒子就更可憐，兩隻小手握一支木棍，撐在地上，將那條殘腿甩過來，好腿立定，再向前撐一步。他是從那兩口牛皮箱上認出他們的。只有這兩口箱子，還能看出他們曾經有過的生活。老工友辛酸地上前抱起孩子，說：何必叫他自己走呢！母親說：還能抱他一輩子？說話的口音帶著了六合的南北腔，口氣也硬硬的。他們先是在老工友家擠了兩天，然後老工友便在閘北，梅家橋裏找了間披屋。屋主是老工友的大同鄉，同是漣水一帶的人，本是他家的灶間，現在租給這對母子，只收極少的租金。老工友將他們母子走出前寄存在他家的幾件家具搬過去，又湊了些鍋碗瓢勺，再替孩子覓來一副別人家用剩的小雙拐，把母子倆安頓下了。安頓下來，報上戶口，這時候，上海的戶口好進好出，不像後來，出來容易進去難，報上戶口，頭一件事是替孩子報名上小學校，第二件是找事做。前一件好辦，很快就找到附近的水上運輸子弟小學，上了一年級。找事就難了，也不是說絕對找不到，但要找到合適的，穩定的，想也別想。她什麼事沒做過啊！火車站打包、發貨，蘇州河清淤，替船工做飯，洗衣服，代人看管自行車，鑄造廠敲砂模，拆紗頭，洗碗，運垃圾，倒馬桶。這些活兒學不來什麼手藝，卻練出了吃苦的本領，她是再不怕吃苦的了。日子就在吃苦中過去。孩子一年級一年級地讀上來，成績不錯，年年表揚。每年，老工友都替他換一副拐，一直到初中三年級，個頭長停板，那副拐就不用再換了，一直用下來。升學呢，也難了，這樣殘疾的孩子，高中一般不收，由所住街道安排工作。道理是這樣，可實際情況是，這一帶多是大工業，很少有殘疾人合適的手工工場間。所以，他待在家裏，一待也有幾年過去了。

這青年生性溫和，他對幼時的好日子全無記憶，其實是在困頓中長大的。受苦是最普通的事情，受苦中些微的溫煦，倒給他留下深刻和豐富的印象。所以，他對六合的回憶，並不像他母親那麼黯然。冬天裏，叔伯家的小孩子圍了炭盆爆黃豆，他也捧了個鐵盒。雖然擠不到炭盆邊去，可那爆出的黃豆蹦得老高，也有落在他鐵盒裏的，「噹」一聲響。離老房子不遠，就是長江，江上走的船，鳴著汽笛。夏天發大水時，孩子們都叫著，看水囉，看水囉！紛紛爬到屋頂上去看水。這時候，水是白茫茫的一大片，看不見對岸，卻有無數隻水鳥在天空飛翔。尤其是過年，大姑媽來了，家裏人的笑臉忽然變得和善，塞給他好多吃食：芝麻糖，雲片糕，蜜棗，柿餅。送大姑媽去碼頭，這時，長江又變細了，但格外的長，蜿蜒到看不見的遠方，天地可真是大啊！生病是一件慘事，可他還記得解放軍大夫的手，摸著他的額頭，誇他乖。那些日子，所有的人都對他親善，用憐恤的眼光看他，好吃好玩的東西塞在他小手裏。來上海乘的火車，也給了他強烈的印象。車廂裏那麼明亮，寬敞。車窗外，風景流淌過去，由於顛簸，輕輕地，有節奏地跳躍著，連綿不斷。每到一站，便嚇人地嘶叫，吐氣。停下來，還不甘地推動著，好像停不下來。然後，上車的人湧入了，沓沓地踩著車廂的木板地，帶來一股激越的情緒。

然後就到了梅家橋。當他掛著小拐，一撐一步地走在狹弄裏，冷不防，就會有一雙手，粗魯有勁地將他拎起來，連人帶拐地往平車，或者三輪拖車上一墩，然後就騎走了。帶他到地方，再往車下一拎。等他大些了，遇到有自行車過去，就會很利索地將雙拐一合，歪身上了車後架，搭一段。有幾家拾荒的，收到書本什麼的，就送來給他挑選。看有沒有用得著的課本，寫字薄，省得再花錢去買。有一度，他特別愛到那幾家去撿鑰匙。一串串各式各樣的鑰匙，討回家去，將格式相近的歸到一起。慢慢地，他琢磨出，說是一把鑰匙開一把鎖，其實每一把鑰匙間就差那麼一點。他先給自己家配鑰匙，找一把接近的鑰匙作胚子，再用銼刀改一改齒，竟真的能用了。後來，他又替他的小朋友配，多是丟了鑰匙不想讓大人知道，也都矇混過去了。正在他幹到興頭上的時候，母親堅決地扼止了他這項愛好。她將他討來的鑰統統還給人家，把他自製的那些銼刀什麼的工具，也一併送給了人家，任他怎麼哭鬧也不讓步。被他鬧急了，就斥道：這算什麼手藝，溜門撬鎖？小心人家趕你出去！他才不作聲了。母子倆就是這樣謹慎，自知是被收留的，不可有一時忘形。梅家橋人性厚道，就更要識趣才是。這弱者的自尊自愛，是他從境遇中自然而然養成的。

在水上運輸子弟小學就讀，他的同學們大多來自前面旱橋底下的住宅區裏。他們那裏的房子高大堅固，也整齊。他們的父輩都是蘇州河上的船工，收入有保障。他們說著一色的蘇北揚州話，因一代代下來，難免摻進了些滬語的行腔，就比原先的要硬和響亮。他們穿著勞防用品的大頭鞋，防水靴，橡皮背心。他們多少是有些傲慢，不怎麼把這些小棚戶的同學放在眼裏，有意在人家跟前說些人家不明白的事情，顯出自己是正宗，而人家是外來的。他們也許讀書讀得並不是太好，但他們的前途也是有保障的，通常都可以上他們父母的船上去做，然後轉為正式船工。他們不無鄙夷地稱他們作「梅家橋的」。但是，他也還是交了幾個朋友。一旦交上了朋友，就發現他們其實並不那麼自傲，他們還要比梅家橋的孩子更大度和豪放一些。他們這幾個，成日慣到梅家橋他的家裏玩，其中有一個就求他配過鑰匙。而他一次也沒上他們那裏去玩過，這種過頭的自尊裏難免含有著一些小肚雞腸。這也難怪，在這樣貧賤的生活裏，有一些自卑很自然。在他對他們的所有羨慕之中，他還羨妒他們談起蘇州河的口氣。他們自由地往來於河上，好像蘇州河歸他們所有。當然，這並不妨礙他和他們交朋友，因為他是一個溫和與克制的人。

後來，他認識了那個住在旱橋底下的揚州姑娘。她先只是替他母親提煤渣回家，並沒進門。以後的幾次就進門了，坐在桌邊，幫他們母子糊紙盒。他就問她有沒有跟船出去過，船要經過一些什麼地方，日行幾里，等等的問題。現在，他長大了，不像小時候那麼內向，要豁朗得多。他母親禁止他配鑰匙之後，他又迷上了修理拉鏈，鋼筆，雨傘，以及更為精密的座鐘，收音機，縫紉機，他喜歡機械一類的東西。那幾戶拾荒的人家，凡收上來這類破玩意兒，都送到他這裏，有當無地拆拆裝裝，竟也有修好了再能派用處的。所以，實際上，他已成了一個小小的修理匠。可惜，他們這一帶，少有人家擁有這樣的用品，他的名聲又不可能傳到更遠去。所以，這個才能就無法為謀生所用。不過，此時，老工友，他稱為老伯伯的，幫他奔走申請了一份殘疾人生活補助，雖然菲薄，但總歸是固定的收入。他母親年歲大了，幹不動重活了，鄰人讓出紙盒廠的一份計件工給她，母子倆從早不停手地糊到晚，再掙得一份進帳。自從富萍來過一次，就時常來了。她很快就學會了糊紙盒，速度雖然跟不上他們母子，但對初學者來說，就相當不像壞了。她坐在這間屋頂透亮的小披屋裏，糊著紙盒。屋子裏有一股濕潮的霉味，但被又一種室外的泥土，乾草，太陽的氣味蓋住了，就顯得比較潔淨和新鮮。爐子上滾著一些土豆，山芋之類的燉菜，散發出醬油的帶有酵味的鹹酸氣，是母子倆的飯食。富萍心情很安謐，因為這對母子都生性安靜，還因為，這兩個人的境遇甚至連她都不如，可是也過得不壞。

她很樂意回答這個青年的問題，雖然並不以為這有什麼可說的。出船，做工，提水，燒飯，停岸，過宿，不就是這些？但這青年卻很感興趣。她發現他有些像舅舅，像在哪裏？就是舅舅同她說故事，帽子掛在月芽兒的鉤上，那樣的地方。好像他們不是大人，而是兩個小孩子。她和他們母子都想起他們其實是見過面的，在那戲院子裏，他母親拉這姑娘和他們坐在一起！這青年就想起當時她站在過道中間，張皇失措的樣子，很叫人憐惜呢！現在，他們已經是熟人了。這姑娘有時候會提來一籃煤渣，並且幫他們和煤面，做煤基。有一日太陽好，她一早就來了，將屋裏東西全拖出去，被褥也抱出去，在太陽裏曬著。自己登著一架木梯，將頂棚全糊上了，報紙掩住了黑暗霉爛的屋頂，房間變得明亮了，充斥了濃烈的油墨香，吃足太陽的家什被褥散發出飽滿的乾爽氣味。又有一日，她提來一籃子豬的大腿骨，洗乾淨，放在木柴墩上，用斧背啪啪地砸幾下，就爛了。放上水，蔥薑，黃豆，在爐子上燉著，一會兒便香氣四溢。披屋裏就有了一股富足的氣味。這天，他母親一定要留姑娘吃飯，姑娘執意不從。母親使勁將她往門裏拽，她拚命往外掙。這時，他忍不住說話了。他是說：讓你留你就留嘛！帶了些武斷和不耐。姑娘怔了一下，然後便像受了驚的鳥獸一樣，掙脫了身子，飛快地跑了。接下來的幾日，她都沒來。以為她不會來了，可她卻記得去製盒廠送貨領料的日子，準時來了。借了一部手推車，將糊好的盒子裝上車，推走了。回來的時候，母親又要她留下吃飯。她不作聲，兒子就在披屋裏說：人家不願留，不要硬留。不料她對他母親說：吃就吃！他母親忙著添菜去了，她把紙板搬進披屋。大部分安置在屋角的一口木箱上，小部分放在床上好拿的地方。青年伸手取過一疊，在桌上熟練地工作起來。兩人各自忙著，都不說話，房間裏很靜，爐上燜著一鍋菜飯，不時從鍋蓋沿下發出「噝」的一聲。她走過去，將飯鍋略斜著，慢慢在爐上轉著。房間裏暗下來，門外卻亮著，她的側影就映在這方亮光裏面。

吃飯時，母親問她：不回去吃飯，舅舅他們會等嗎？她說：不礙事，今晚上他們全去吃喜酒了。問是誰的喜酒，答是一個親戚。你怎麼不去？母親問，她就沒作聲。

二十 大水

這一年，雨水特別大。黃梅天時，雨水就比往年多，老也出不了梅。那些平房矮屋，不是生霉，而是生蘑菇。衣服都是陰乾的，人的身體裏，濕氣都很重。三伏裏，有幾天大太陽，來不及曬出霉氣，雨又來了。還是併著汛期，一同來的。整個蘇杭地區都是多雨，水從上游瀉下，於是，洪也來了，叫做「三碰頭」天氣。蘇州河水漲了，漲過水泥台階，與岸齊平。水的顏色淺了，質地也薄了，流淌的速度就增快。到底不是黃梅天的那種黏濕，而是比較凜冽。瀰漫在空氣裏的潮氣收燥了。雨呢，也是滂沱地下著，很快，街道就積起水來。人們捲著褲腳管，將鞋脫下來，拎在手上，在水中走，叫做「划大水」。小孩子最開心了，大人叫也叫不住，扛了油布傘，或者直接淋在雨裏，划大水。從東划到西，從西划到東。那些主要幹道的大馬路，地勢一般比較高，下水的設施也比較好，所以不積水。在四周那些積水的小馬路中間，就好像一條水中陸地，汽車從陸地上飛快地駛過去。小馬路的積水，混著陰溝裏的污水，稀髒的，漂著一些垃圾。那些「划大水」的男孩子，才不怕髒呢！他們大多赤著膊，只穿一條短褲衩。經夏天大太陽曬過的皮膚，黑極了，又都瘦，胸脯上顯著肋骨。可是筋骨很好，身體非常靈活。他們咧著嘴笑，牙齒顯得格外白。在這一場大雨和下一場大雨的間隙，大水就迅速地退下去，半天時間，街面露了出來。他們止不住地失望，可是，沒容他們失望多久，雨又來了，而且降水量比上一日更集中。

發大水的雨，倒不是那種瓢潑似的大雨。那種是陣頭雨，夾著七、八級大風，把雨柱颳得橫過去。房屋，街道，就在風雨中震盪，變形。這樣的雨，來得猛，去得快。發大水的雨，是比較沉著地下著，沒有那樣大的風勢。看上去沒什麼，但降雨量卻很大，每一柱雨，都結實飽滿，而且密度高。你一看是這樣的雨，就知道一時半會停不了，後勁足著呢！不一時，陰溝裏就咕嚕嚕地向上冒水了。那種新式里弄房子，有後天井的，所有的管道都通向後天井，就像一個共鳴箱，陰溝裏的聲音最響亮了。水泥鋼筋的陰溝蓋就頂了起來，一動一動。天井成了一方小池塘，再過一會兒，灶間裏也有了一釐米高的水。前後弄堂，便積成了河。這是有力道的雨，你可以想像是怎樣大，而且厚的一塊雨雲，罩在這個城市的上方，把這城市裹起來。

雨天裏，吃菜是個問題。菜農拉菜的榻車，半個輪子埋在水裏，一步一步拖到菜場。雞毛菜全生了芽蟲，葉子一個洞一個洞。茄子，絲瓜，黃瓜，刀豆，番茄，全走了樣。蔫，黃，生蟲，出水，腐爛。熟菜店和醬菜店的生意就好起來了，還有吃罐頭的。這也顯得不尋常，好像到了戰時。糕點麵包銷出很多，這最合小孩子意了。小孩子總是喜歡不正常，越不正常越好。但事實上，生活還是很正常。工廠的車間裏，進水了，工人赤腳站在水裏開車床，開龍門刨。電工們卻比平日忙碌，檢查，修理，和保護電路呢！防止短路。機關裏就更不妨礙了，照常上班。有幾路汽車停開了，但大多數還照常，開來開去，將人運來運去。學校雖然還沒開學，可教職員工已經過完了假期，正準備進新生，開學。商店也照常營業，店堂要進了水，店員就站在水裏做生意。米店裏比較忙，人們都急著來買米。家裏只要有米，發怎樣的大水也不怕了。米店門口，挽著褲腳管，撐著傘的人，就排起了短隊。連電影院都正常放映電影，並且觀眾一點不減少，還提早來到，濕淋淋地擠在電影院前廳，等著上一場結束。甚至還有舉行婚禮的，新娘新郎來到照相館拍結婚照，上半身整整齊齊，下半身興許就狼狽了，像要下河去摸魚的樣子。總之，發大水，並沒有影響這城市的生活，一切照常進行，還添了一股勃勃然的興頭。

不過，黃埔江上的航運到底是受影響。水位抬得那麼高，弄不好船就堵了橋閘，叫做「悶橋」。已經有過幾起，港口派出駁船去硬拖出來。但這幾日，黃浦江好看得很，水道變寬了，非常壯闊。從防波牆彎下腰，就能夠到水面。岸邊停泊的船隻又多，真顯出是個大港口。從吳淞口飛來一群群的水鳥，在灰濛濛的天空中飛翔，帶來了一股悲劇式的氣氛，使這城市從庸碌的市民生活中昇華出來。外白渡橋上的黑鐵柵欄，坦露出早期工業社會的審美觀念，顯而易見的功能和均衡對稱的格式，和黃浦江的景象特別貼合。此時，也是水淋淋的。水氣多少緩和了鋼鐵的堅硬程度，使它變得婉約了一些。背後那一排殖民時期的石頭建築，依著江岸的弧度，形成一道屏障，這個地處長江三角洲的近代城市變得巍峨了。尤其是那幾個塔式尖頂，在久積不散的雨雲前面，勾畫了歐式的古典圖案。江岸有很多人，看大水。輪渡「嗚嗚」地嗚叫著，聲音傳到很遠，江面就更遼闊了。這一帶倒不大有積水，是開拓者最早鋪設的下水管道，按著近代工業的規模格式，打下了這個城市發展的基礎。江邊馬路多是灌木樹叢，不像大街小巷的梧桐，被雨打下許多樹葉，鋪在路上。它們比較低矮，所以就沒什麼損失；相反，被雨洗得青綠青綠，十分醒目。

在巍峨的巨石建築身後，是無以數計的民房的屋頂曬台。曬台的鴿棚裏，鴿子擠作一團，羽毛貼在身上，咕咕地低叫著。好在，鴿棚裏還比較乾燥，只是有老鼠，被大水從下水道裏趕出來，在這些陳舊的帶夾層地板的樓房裏亂跑，鴿棚裏的小米，黍子，引來了牠們。這是危險的敵人。鴿子的主人都是警覺的，他們的腳步聲總能及時地驅走牠們。有一些栽花的瓦盆碎在地上，一裂幾瓣，花朵枝葉就黏在濕地上。夜裏，這些縱橫交錯的里弄內，披著橡皮雨衣的老頭，打著鈴走過，喊著：門窗關好，火燭小心。然後就加上一句：花盆拿進，當心敲碎。雨天裏，天短得很，很早就入了夜。下班的人回到家中，用乾腳布拭了腳，吃過晚飯，就上了床。褥熱叫雨洗去了，夜甚至很涼，蓋毛巾毯都不頂事了，要蓋薄被。草蓆還鋪著，滑溜溜的，爽身得很。夜裏，雨轉為細密型的，比較柔和，特別催人入眠。野貓都躲進巢了。趁著雨細，水好像下去點。小孩子划了一天的大水，現在都在做夢呢！肚裏有蟲的，則在鏗鏘地磨牙。晾在房間裏的濕衣裳，在溫暖的鼻息中，一絲、一絲地烘乾。架在屋外的空竹竿，雨水沿了竿子聚攏，再滴落下去。然後，竹掃帚掃水來了。嘩，嘩，嘩，給人雨止天晴的印象。再一看呢？掃水的人穿著橡皮雨衣，高統套鞋。天上下著細密的雨，又一個雨天開幕了。

這城市的建築都變了顏色，變深了。紅磚，黃沙礫牆面，黑瓦，或者鉛灰水泥樓頂，都顯得很沉的樣子。但不是沉鬱，而是顏色飽和，顆粒細。因雨這樣下著，就有了活躍流動的節奏，比較明快。膠鞋已經不大頂事了，有人穿了木拖板直接上了街，木拖板呱嘰呱嘰拍打著腳後跟，把水踩得濺起來。也是明快的。三輪車的生意比往常好，塗上一層桐油的車篷拉起了，前面放下簾子，一個結一個結地繫好，不讓雨淋進去。車夫自己呢？頭戴一頂笠帽，身上披一領蓑衣，完全像一個古老的漁翁。可是管用得很呢！又擋雨，又不擋視線，也不妨礙行動。他們把褲腿捲到膝上，赤腳穿一雙元寶套鞋，有力地蹬著車。雨中的街道上，行駛著這樣一個漁翁，挺古怪，也挺好看。這陣子，到處，商店裏，電車上，電影院裏，都充斥著一股雨衣蠟的醋酸氣，刺激著鼻膜，嗆人，卻也不頂難聞，還有喜歡聞的呢！反正是怪味道。醃臘店的醃臘味，明顯地蛤了，濃郁地瀰漫開來，油滋了出來，亮光光，黃蠟蠟。有人買嗎？有！菜不好買，煤球又受潮，在飯鍋上蒸一塊鹹肉，臘雞腿，不就都有了？所以，連人的頭髮裏都有了這油蛤味。雖然不好聞，但卻是很富足的氣味。小弄堂裏，那些燒煤爐的戶頭，常見有用火鉗夾著一只燒紅的煤球，恨不能揣到懷裏，用傘遮著，三跳兩跳地躥回家，放進熄火的煤爐裏，就好像原始人取來了火種。還有的是夾一根燃燒的木柴。老虎灶的生意更比往常好，自家爐子不爭氣只得到這裏打水。還有把半熟的飯，端過來在灶台上燜著。老虎灶的煤，爐膛裏燒一批，灶前灶後焙著一批，不能叫它斷了。老闆一家人都動員起來，老闆照管火，老闆娘照管煤，阿大灌水，阿二收水牌子，有人不給水牌子，阿三阿四就一起尖叫。所以，這裏是熱火朝天。

奇怪的是，雨天裏，竟還有救火車噹噹噹飛駛而過，原來是去救水的。哪裏的水泵出故障了，就用消防車去抽一陣。哪裏有房子塌了，消防隊就去救人。那些棚戶房子，有不少坍了，或者眼看坍了，進水漏水算是小事一樁。家家都疊床架桌的。凳子架在桌子上，箱子架在凳子上，吃的，燒的，再架在箱子上。床呢，一張架在另一張上，床頂上再紮一塊大油布，擋雨。巷道早已成了河道，威尼斯一樣。有特別深的地方，就放一輛拖車，讓人攀上去越過。比較大的水域，架的是木板，臨時搭一座橋。這裏最緊俏的是油布，有本事弄一塊兩塊來，就可以高枕無憂，一覺到天明。要幫忙就是送一塊油布來。還有，關於天氣的預測，也頗受歡迎。誰家老掉牙的老爺爺，黃昏時分讓兒子從床上背下來，背到雨地裏，朝南站一站，朝北站一站，嘴一癟，就吐出金玉良言：天黃有雨，明天還下。這話立即傳了開去，比電話還快。大人小孩都在說：天黃有雨，天黃有雨。雨天裏，火車的汽笛就遠了，蒙了一層水膜，綽約地遊弋著。震動，好像也變得柔軟，比較有彈性，不那麼激烈了。小孩子天一亮就跑過巷道，跑到蘇州河邊去看水。這裏的孩子就不說「划大水」，他們這些河邊長大的孩子，水的世面見得多些。

　　蘇州河變成了一條大河。他們赤腳沿了河邊跑，跑過恆豐路橋，天目路橋，江寧路橋，武寧路橋。當他們不得不暫時下了河岸，從橋墩下面走的時候，他們的光腳丫就在水泥橋墩下激起了清脆的回聲。穿過橋底，蘇州河又在眼前。水清澈極了，甚至看得見岸下的青苔。水上有船過去，有一些正是他們父兄的船，於是便跳著腳，扯著喉嚨喊。機輪船的柴油機聲蓋過了他們的叫喊，開了過去，他們就接著再往前跑。水面映出他們赤條條的倒影，雨點又激起漣漪，將他們的倒影攪花了。跑到一處，他們停下來，喘息一陣，然後說聲：家去！掉過頭再跑。雨把他們淋得精濕，反正也無所謂了，就這樣了。雖然下雨，天色卻不是沉暗的，反而變得透徹，天光照射。孩子們的叫喊散得很開。

這天早上，閘北，旱橋下的棚戶巷道裏，走著四個孩子。兩個大的各扛了一支木槳，小的提一個籃子，最小的女孩，空著手，努力交替著小腳，不使自己落後。最大的那個，不時回過頭去，等她跟上來。他們走在曲曲折折的巷道。有人問這是上哪裏去？孩子回答說：接大姊姊去！他們左一拐，右一拐，走出巷道。再走過幾座大廠房和倉庫，穿過一條街，又走進一個棚戶。這裏的地勢明顯低了，積水更深，屋子裏都進了水。孩子們在更狹仄的巷子裏穿行，走過牆上寫了「滷水」字樣的房屋。「滷水」兩個字被雨澆得淌下來，每一道筆畫都掛得很長。小屋的門鎖了，河南人可能到親戚家躲水去了。四個孩子都穿了短褲衩，小的女孩子穿一件大人的汗背心，從肩上一直掛下來，蓋住了屁股。他們走在這裏，雖然不是熟門熟路，可也絕不陌生。你看，一點岔路沒走，徑直來到那間小披屋門前。挨著小披屋的山牆，新搭了一個更小的披屋。

披屋裏，東西都摞了起來。兩張床疊著，底下床裏，坐了那母子。母親在床這頭，懸了腳剝毛豆，兒子靠著半張方桌，擺弄一架收音機。那半張桌上，放了一個煤爐，爐上燉著一鍋鴨殼子湯。富萍坐在上層床上，頭頂到頂棚了。她在腿上放一塊搓衣板，當桌子，糊著紙盒。見孩子們來，就高聲叫他們上床。床上哪坐得下啊，最小的就攀著床架上了二層。互相問了好，又問學校幾時開學，舅舅舅媽有沒有出船？說了會閒話，大孩子就說了今天的來意，原來是奉父母的命，來幫富萍他們搬家。水上運輸隊將戲院子開出來，讓坍了屋的職工去住。舅舅舅媽想到富萍家的披屋不保險，就去占了塊地方，安好床板什麼的，讓他們趁早過去，等屋坍了就不好辦了。那母親先還推讓，富萍卻說：搬就搬！說著，將小的放下水裏站著，然後用塊大油布，將紙板紙盒嚴密地包起來，紮好，交給大孩子接著。自己再下了床，站到桌上，往摞起的箱子裏撿出各人的換洗衣裳，捲起來，叫年輕人背著。米，煤，菜，歸攏起來，自己拿。婆婆呢，提爐子，連帶爐上的砂鍋。富萍又細細在屋裏看一遍，關上窗戶，鎖上門。婆婆住的小披屋也鎖好，關上窗。一行人出發了。

孩子們事先借了一條船，停在最近的河邊上，但也要穿幾條街呢！好在人多，東西一分也就不多了。那年輕人腿不管用，可拄著拐，走得不比誰慢。身上還交叉背兩個包，一包衣裳，另一包是他的電烙鐵，電表什麼的寶貝。身上濕就不管了，反正濕天濕地濕衣裳。一路走，一路說笑，路上有人停下腳來，看這支奇怪的隊伍。他們就對著他笑，笑得他不好意思，轉過臉走開去。終於上了船，船是舢板船，坐定以後，就離了岸。走了一段，孩子嫌船走得慢，三個孩子撲通通跳下水去，後邊一個，兩邊各一個，推著船走。小女孩子坐在婆婆的懷裏，從籃子裏取出饅頭吃。爐子一直燃著，飄著鴨的肉香。富萍正划船，忽然一個轉身，丟下槳，對了水要吐，卻又吐不出。只有婆婆一人看見，暗自笑了。那青年望著漲水的蘇州河，河面開闊，河水清冷，船抬得很高，幾乎與岸齊平。沿岸的大倉庫，還有人家，畫卷似的慢慢展開，罩著水色。天也罩著水色，一律發出青藍的顏色。人在其間活動，都變得薄薄的，絹人兒似的。三個小孩子推著船，其實是在嬉水，將身子浮在水面上，腳踢打著水。婆婆問懷裏那個小的：你知道他們是什麼？是觀音邊上的蓮花童子，專來送子的。富萍一下子紅了臉，低下頭去，再沒抬起來。

國家圖書館出版品預行編目資料

富萍 / 王安憶作. -- 二版. -- 臺北市 : 麥田出版 : 英屬蓋曼群島商家庭傳媒股份有限公司城邦分公司發行, 2022.01
面 ; 公分. -- (王安憶經典作品集 ; 16)

ISBN 978-986-344-900-3(平裝)

857.7　　110001726

王安憶經典作品集 16

富萍

作　　者　王安憶
責任編輯　林秀梅　陳淑怡

版　　權　吳玲緯
行　　銷　何維民　吳宇軒　陳欣岑　林欣平
業　　務　李再星　陳紫晴　陳美燕　葉晉源
副總編輯　林秀梅
編輯總監　劉麗真
總 經 理　陳逸瑛
發 行 人　涂玉雲
出　　版　麥田出版
城邦文化事業股份有限公司
104台北市民生東路二段141號5樓
電話：(886)2-2500-7696　傳真：(886)2-2500-1967
發　　行　英屬蓋曼群島商家庭傳媒股份有限公司城邦分公司
104台北市民生東路二段141號11樓
書虫客服服務專線：(886)2-2500-7718、2500-7719
24小時傳真服務：(886)2-2500-1990、2500-1991
服務時間：週一至週五09:30-12:00・13:30-17:00
郵撥帳號：19863813 戶名：書虫股份有限公司
讀者服務信箱E-mail：service@readingclub.com.tw
麥田部落格：http://ryefield.pixnet.net/blog
麥田出版Facebook：https://www.facebook.com/RyeField.Cite/

香港發行所　城邦(香港)出版集團有限公司
香港灣仔駱克道193號東超商業中心1/F
電話：852-2508-6231　傳真：852-2578-9337

馬新發行所　城邦(馬新)出版集團〔Cite (M) Sdn Bhd.〕
41-3, Jalan Radin Anum, Bandar Baru Sri Petaling,
57000 Kuala Lumpur, Malaysia.
電話: (603) 9056-3833　傳真: (603) 9057-6622
E-mail：services@cite.my

封面設計　朱疋
排　　版　宸遠彩藝有限公司
印　　刷　前進彩藝有限公司

初版一刷　2001 年 3 月
二版一刷　2022 年 1 月
Printed in Taiwan
本書如有缺頁、破損、裝訂錯誤，請寄回更換

定價／360元
ISBN 9789863449003（平裝）
9786263101739（EPUB）

Rye Field Publications
A division of Cité Publishing Ltd.

廣　告　回	
北區郵政管理局登記	
台北廣字第000791	
免　貼　郵	

英屬蓋曼群島商
家庭傳媒股份有限公司城邦分公司
104 台北市民生東路二段141號5樓

▼
請沿虛線折下裝訂，謝謝！

文學・歷史・人文・軍事・生活

Rye Field Publications

書號：RL9616　　書名：富萍

讀者回函卡

cite城邦媒體

※為提供訂購、行銷、客戶管理或其他合於營業登記項目或章程所定業務需要之目的，家庭傳媒集團（即英屬蓋曼群島商家庭傳媒股份有限公司城邦分公司、城邦文化事業股份有限公司、書虫股份有限公司、墨刻出版股份有限公司、城邦原創股份有限公司），於本集團之營運期間及地區內，將以e-mail、傳真、電話、簡訊、郵寄或其他公告方式利用您提供之資料（資料類別：C001、C002、C003、C011等）。利用對象除本集團外，亦可能包括相關服務的協力機構。如您有依個資法第三條或其他需服務之處，得致電本公司客服中心電話請求協助。相關資料如為非必填項目，不提供亦不影響您的權益。

□ 請勾選：本人已詳閱上述注意事項，並同意麥田出版使用所填資料於限定用途。

姓名：____________________ 聯絡電話：____________________

聯絡地址：□□□ ____________________

電子信箱：____________________

身分證字號：____________________（此即您的讀者編號）

生日：____年____月____日　性別：□男　□女　□其他________

職業：□軍警　□公教　□學生　□傳播業　□製造業　□金融業　□資訊業　□銷售業

□其他 ____________________

教育程度：□碩士及以上　□大學　□專科　□高中　□國中及以下

購買方式：□書店　□郵購　□其他 ____________________

喜歡閱讀的種類：（可複選）

□文學　□商業　□軍事　□歷史　□旅遊　□藝術　□科學　□推理　□傳記　□生活、勵志

□教育、心理　□其他 ____________________

您從何處得知本書的消息？（可複選）

□書店　□報章雜誌　□網路　□廣播　□電視　□書訊　□親友　□其他________

本書優點：（可複選）

□內容符合期待　□文筆流暢　□具實用性　□版面、圖片、字體安排適當

□其他 ____________________

本書缺點：（可複選）

□內容不符合期待　□文筆欠佳　□內容保守　□版面、圖片、字體安排不易閱讀　□價格偏高

□其他 ____________________

您對我們的建議：____________________

____